PHILLIPPA
PENN

Die Nähe,
die wir
suchen

Über die Autorin

Phillippa Penn lebt mit ihrem Mann in einem Blockhaus, umgeben von einem bunt blühenden Garten. Wenn sie nicht gerade einen ausgedehnten Spaziergang macht, kann man sie mit einer dampfenden Tasse Kaffee am Schreibtisch erwischen. Zwei Jugendromane und vier Romanzen für Erwachsene hat sie dort schon verfasst. Mit *Die Nähe, die wir suchen* legt sie ihr sechstes Buch vor.

Erfahre hier mehr über Phillippa:
instagram.com/phillippapenn
phillippapenn.de

Phillippa Penn

Die Nähe,
die wir suchen

Bibliographische Information der Deutschen Nationalbibliothek:
Die Deutsche Nationalbibliothek verzeichnet diese Publikation in der
Deutschen Nationalbibliografie; detaillierte bibliographische Daten sind im
Internet über dnb.dnb.de abrufbar.

1. Auflage
Deutsche Erstausgabe Juni 2024
© Phillippa Penn
Alle Rechte vorbehalten.

Lektorat und Korrektorat:
Marcel Weyers, marcel-weyers.de
Covergestaltung:
Buchgewand Coverdesign, buchgewand.de
Unter Verwendung von Motiven von:
depositphotos.com: Quagmire, olechowski, rraya
shutterstock.com: SAYDUNG.VFX

Herstellung und Verlag:
BoD – Books on Demand, Norderstedt

ISBN: 9783758314278

Für alle,
die noch suchen.

Für alle,
die schon ganz
nah dran sind.

Über dieses Buch

Vielen Dank, dass du *Die Nähe, die wir suchen* liest!

Dieser romantische Kurzroman soll ein Wohlfühlbuch für eine breite Leserschaft sein. Gleichzeitig ist mir als Autorin bewusst, dass sich nicht alle Menschen mit den gleichen Inhalten wohlfühlen.

Um dein Leseerlebnis so angenehm wie möglich zu gestalten, folgt hier deswegen der Hinweis auf potenziell belastende Themen:

- Trennung/Trennungsängste
- Konsum von alkoholischen Getränken
- (alkoholbedingtes) Unwohlsein
- Eifersucht
- einvernehmliche, intime Momente
- Konflikt und Entfremdung (in der Familie)

Diese Liste wurde nach bestem Wissen und Gewissen erstellt; sie erhebt jedoch keinen Anspruch auf Vollständigkeit.

Ich wünsche dir angenehme Lesestunden!
Deine Phillippa

1 – Hier zu Hause

„Wer kauft so viele Rosen?"

Die Frage stelle ich mehr mir selbst als meinem besten Freund, aber Tomme antwortet trotzdem.

„Verliebte", kommt es von der Werkbank, an der er gerade einen Strauß bindet.

Ich mustere die Eimer, die den Raum säumen und vor üppigen Blüten überquellen. „Kitschig", murre ich und schnaube. Ich puste meinen Kaugummi zu einer kleinen, pinken Blase auf und lasse sie platzen.

„Dieser Kitsch zahlt meine Rechnungen, Fio." Tomme schüttelt den Kopf und umwickelt die Blumenstiele in seiner Faust fest mit Bindedraht. „Und deine auch, übrigens."

„Nicht mehr lange." Ich stelle meine Tasche auf dem Boden ab und massiere mir die Schulter, die den halben Tag vom Tragegurt eingeschnitten wurde. Unter dem dünnen Stoff meines T-Shirts fühlt sich die Haut ganz wund an.

„Ich fotografiere keine Hochzeiten mehr." Ächzend lasse ich mich auf einen herumstehenden Hocker fallen. „Nach dieser Saison nur noch Beerdigungen!"

Tommes Mundwinkel zucken, aber er schweigt. Er legt die Drahtrolle beiseite und schiebt die Ärmel seines Leinenhemds zurück.

Mit einer Gartenschere kürzt er sein Gebinde auf eine einheitliche Länge, dann greift er zu einem kurzen, scharfen Messer. Routiniert setzt er zum schrägen Schnitt an.

Tausende Male habe ich ihn das schon tun sehen und es sollte mich längst nicht mehr so faszinieren. Doch mein Blick folgt aufmerksam jeder Bewegung seiner langen, geschickten Finger. Die Muskeln in seinen Unterarmen arbeiten, während er sich einen Stiel nach dem anderen vornimmt und die Enden kappt.

„Wie viele …" Ich räuspere mich und löse den ausgeleierten Scrunchie von meinem Handgelenk. „Wie viele Sträuße sind es noch?"

„So ungeduldig?" Er sieht von seiner Arbeit auf und wirft mir diesen ganz bestimmten Blick zu.

Ich nenne ihn seinen Herzensbrecher-Blick.

Insgeheim.

Natürlich.

„Keine Sorge, das ist der letzte für heute." Tomme grinst. „Wir können gleich nach Hause."

Nach Hause.

Ich fasse mein Haar zu einem Pferdeschwanz zusammen und ignoriere dabei den kleinen Satz, den mein Herz macht.

Nach Hause.

Für dieses dumme Ding in meiner Brust klingt es wie ein Versprechen. Als wüsste es nicht, dass ich nicht wirklich bei Tomme wohne. Als hätte es vergessen, dass ich nur auf seinem Sofa crashe, weil mich mein Ex aus unserer Wohnung geschmissen hat.

Mist.

Warum denke ich jetzt wieder an diesen ganzen Schlamassel?

Seufzend bücke ich mich nach meiner Kameratasche.

Mein Handy steckt in einem Seitenfach des Monstrums, in dem ich heute zwei Fotoapparate, drei Wechselobjektive, einen aufsteckbaren Blitz, eine tragbare Softbox und ein kleines Stativ herumgeschleppt habe. Ich hoffe, dass mein Smartphone irgendeine Benachrichtigung bereithält, die mich auf andere Gedanken bringt.

Zu meiner Enttäuschung ist das Display völlig blank. Keine Mails, keine Anrufe, nicht einmal ein Pop-up aus irgendeiner App.

„Hat sich dieser Adam endlich gemeldet?", will Tomme wissen.

Seine Frage trifft mich unvorbereitet. „Wer?"

„Na, dieser ..." Er runzelt die Stirn, während er seine rosarote Kreation in einer bereitstehenden Vase arrangiert. „Der Typ von dieser Marketingagentur. Wollte der dich nicht für irgendein Werbe-Shooting engagieren?"

„Ach so ... Du meinst Adrian." Ich schüttele den Kopf. „Nein. Hat sich nicht mehr gemeldet."

Wieder muss ich seufzen.

Tatsächlich wäre dieser Auftrag *die* Chance gewesen, mal einen Schritt aus der Familienfotografie herauszuwagen. Aber ich schätze, nachdem ich schon seit vier Wochen warte, kann man diesen Deal wohl als offiziell geplatzt betrachten.

„Hey ..." Tomme geht ein paar Schritte nach hinten und stellt die Blumen in eine Vitrine. „Der meldet sich schon noch!" Er schaut über seine Schulter.

„Sicher." Ich schnaube und lasse das Handy zurück in die Tasche gleiten.

„Nicht den Kopf hängen lassen!" Tomme bindet seine Schürze los und streicht sich beiläufig eine Strähne aus der Stirn, dann schultert er seinen Rucksack und kommt mit langen Schritten zu mir zurück.

„Also? Bereit für den Feierabend?"

Ich lächele. „Sowas von bereit."

Er hilft mir vom Hocker hoch und greift anschließend nach meiner Tasche.

„Fuck, sind da Backsteine drin?", flucht er.

Mein Grinsen wird breiter. „Nein, nur meine Hoffnungen und Träume", sage ich in ironischem Tonfall.

Tomme hängt sich die Tasche um und klopft mir freundschaftlich auf die Schulter. „Du solltest nicht so schwer tragen, Fiona."

„Wem sagst du das?" Es sollte amüsiert klingen, aber ich erschrecke selbst über die Resignation in meiner Stimme.

Tommes besorgter Blick trifft mich. „Alles okay?"

Er schlägt den Vorhang zum menschenleeren Verkaufsraum zurück. Es ist weit nach Ladenschluss. An einem Samstag wie heute hat sein Blumenladen nur bis 14:00 Uhr geöffnet und Tomme beschäftigt sich bis zum Abend mit Vorbereitungen. Solange bis ich von meinem Foto-Gig komme. Das hat sich in den letzten Wochen bei uns so etabliert.

„Ja! Ja, alles gut." Ich bemühe mich um eine sorglose Stimmlage. „Es war nur ein anstrengender Tag."

Das ist nicht einmal gelogen.

Ich habe heute eine Hochzeit in einer riesigen Parkanlage begleitet. Komplett mit einem *Getting Ready*, dem *First Look* vor der Zeremonie, der anderthalbstündigen Trauung, den Gratulationen, dem Sektempfang und dann noch dem eigentlichen Shooting mit Brautpaar und Hochzeitsgesellschaft. Ich habe richtig Strecke gemacht und mich dann breitschlagen lassen, auch noch die Fest-Location in allen Facetten abzulichten, ehe die Feiernden zum gemütlichen Teil des Abends übergegangen sind. Für die perfekten Schnappschüsse bin ich regelrecht herumgeturnt.

Jetzt spüre ich die Erschöpfung in allen Gliedern.

Tomme muss das klar sein, denn er hakt nicht weiter nach. Schließlich ist er als Florist oft genug selbst im Hochzeitstrubel unterwegs. Statt unser Gespräch fortzuführen, entriegelt er für uns die Ladentür.

Dann – obwohl er wirklich schwer genug bepackt ist – hält er sie auf, bis ich hindurchgeschlüpft bin.

Wir laufen über den aufgeheizten Asphalt. Ich spüre die Wärme durch die dünnen Sohlen meiner Sneaker. Unter den weit geschnittenen Beinen meiner Hose steigt sie bis zu meinen Kniekehlen auf. Tommes Auto ist eines der letzten auf dem Parkplatz der kleinen Einkaufsmeile. Die benachbarten Geschäfte – ein Getränkemarkt, ein Second-Hand-Shop und eine Reinigung – haben auch bereits geschlossen. Um diese Uhrzeit ist in dem Gewerbegebiet am Stadtrand von Buchingen nicht mehr viel los.

Gerade jetzt im Juni, wo die Abende so lang und lau sind, zieht es die Leute in die Innenstadt – in die Cafés, die Restaurants und den Park.

Mit seinen langen Beinen ist Tomme schneller am Fiat als ich. Er schließt den etwas in die Jahre gekommenen Wagen auf und öffnet die Heckklappe.

„Wow." Er verzieht das Gesicht, dann grinst er mich an. „Ich hoffe, du hast nichts gegen einen kleinen Saunagang."

Ich seufze und verdrehe die Augen. „Was soll's. Ich bin eh schon durchgeschwitzt."

Der Blick, den er mir zuwirft, fühlt sich für einen kurzen Moment anders an. Spürbar, als würde er mich tatsächlich berühren. Doch im nächsten Augenblick hebt er spöttisch eine Braue und das Gefühl verflüchtigt sich.

„Weil du immer dieses billige Deo kaufst", zieht Tomme mich auf. „Das kann ja gar nichts bringen, Fio."

„Halt die Klappe." Ich schüttele den Kopf.

Er lacht herzlich.

Natürlich. Was auch immer ich mir gerade eingebildet habe, war genau das: Einbildung. Wunschdenken.

Ein Sonnenstich möglicherweise.

Ich reiße die Tür der Beifahrerseite auf und mache direkt einen Schritt zurück. Die Woge der Hitze, die mir entgegenschlägt, ist wirklich nicht gerade einladend.

Tomme öffnet die Tür an seiner Seite und lässt erst einmal die Luft durchziehen. Er lehnt sich an das Autodach. „Was willst du heute Abend noch machen?"

„Essen", sage ich ohne Umschweife. „Fernsehen."

Er lächelt. „Guter Plan. Wir können unsere Serie weiterschauen."

Unsere Serie ist *Bones – Die Knochenjägerin*. Als Kinder haben wir die TV-Sendung als eine Art Mutprobe angeschaut. Jetzt da wir Mitte Zwanzig sind, ist es unsere Comfort Show.

„Und was ist mit Essen?", frage ich, still hoffend, dass Tomme anbieten wird, eines seiner grandiosen Pasta-Gerichte für uns zu kochen.

Er überlegt kurz. „Wollen wir uns was beim *Ha Long* holen?"

„Schon wieder?", protestiere ich, aber es ist eigentlich nur halbherzig.

„Als ob du je genug von Frühlingsrollen kriegen könntest!" Er streckt mir die Zunge raus.

Ich erwidere die Grimasse. „Na schön, überzeugt."

Wir steigen in das Auto, das zwischenzeitlich aber nur geringfügig abgekühlt ist. Noch bevor wir unsere Türen schließen, dreht Tomme den Schlüssel in der Zündung und lässt die Fenster herunter.

Ich spucke schnell meinen Kaugummi in ein Taschentuch, denn in diesem Fiat Panda herrscht striktes Bubblegum-Verbot.

Mein bester Freund löst die Handbremse, umfasst das Lenkrad und steuert das Auto vom Parkplatz auf die Straße. Wir fahren in Richtung Fichtingen, in unsere kleine Heimatstadt, aus der wir eigentlich beide unbedingt mal wegwollten. Aber irgendwie haben weder Tomme noch ich den Absprung geschafft. Gerade mal bis in die nächstgrößere Stadt sind wir gekommen. Bis nach Buchingen.

Hier hat Tomme seinen kleinen Blumenladen. Hier fotografiere ich dutzende Brautpaare auf der Rathaustreppe und nutze ab und zu einen Co-Working-Space.

Hier erschnuppern wir einen kleinen Hauch vom Großstadtleben. Aber wirklich nur ein Lüftchen.

Denn hier schieben sich ordentlich gepflasterte Gehsteige und gepflegte Seitenstreifenbepflanzungen an einem vorbei, während man in Richtung Ortsausgang fährt. Hier sieht selbst das Industriegebiet irgendwie idyllisch aus. Hier hat jedes Geschäft eine funktionierende Leuchtreklame und eine ordentliche Ladenfront. Verfallene und leer stehende Gewerbebauten sucht man genauso vergeblich wie eine besprühte Wand oder ein eingeschlagenes Fenster.

Hier ist alles heil. Alles ruhig. Alles, wie es immer war.

Unaufgeregt. Unspektakulär.

Es ist nicht das pulsierende Leben, von dem wir als Teenies geträumt haben. Es ist nicht der Duft von Freiheit, den wir eigentlich Tag und Nacht inhalieren wollten. Aber es ist schon okay. Träume ändern sich, werden realistischer und enger – wie eine Hose, die nicht mehr richtig sitzt.

Aber Hauptsache, sie passt noch so einigermaßen.

2 – Besser so

Wir fahren über die Landstraße, die von den länger werdenden Schatten in verschiedene Grautöne getaucht wird. Ich strecke den Arm aus dem Fenster und halte meine Hand in die warme Sommerbrise.

Tomme lacht. „Willst du ein paar Fliegen fangen?"

„Nein ..." Ich schaue hinaus, fixiere keinen Punkt im Speziellen. „Sonnenstrahlen." Meine Finger zupfen am Fahrtwind wie an den Saiten einer Gitarre. „Ich kriege fast nichts mit vom Sommeranfang." Ich seufze. „Entweder jage ich den ganzen Tag Brautpaaren hinterher oder ich sitze von morgens bis abends am Bildschirm, um Fotos zu bearbeiten."

Er greift rüber, streicht mir die dunkelblonde Strähne, die der Wind in mein Gesicht geblasen hat, hinters Ohr. „Wenn die Saison geschafft ist, sollten wir mal wegfahren. So wie früher. In den alten Bungalow an der Nordsee."

„Schöner Gedanke, aber ... Das dauert doch bis Oktober, bis die alle mit ihren Herzensschwüren durch sind." Ich schüttele den Kopf. „Dann können wir nur noch irgendwo durchs schlammige Watt waten."

„Na und?" Er stupst mich an. „Hauptsache Urlaub. "

Ich seufze. „Stimmt auch wieder ... Und ich gäbe sonst was für ein Stück Apfelkuchen von deiner Oma."

Väterlicherseits hat Tomme seine Wurzeln im Alten Land. Seine Großeltern haben dort, vor den Toren Hamburgs, einen Apfelhof und auch sein Vater lebt nun schon fast zehn Jahre wieder im hohen Norden. Nach der Scheidung ist er dorthin zurückgezogen, um Opa und Oma Jansen zu entlasten und den Familienbetrieb fortzuführen. Tomme ist in Fichtingen bei seiner Mutter geblieben, hat die Ausbildung zum Floristen gemacht und ist in das Blumengeschäft eingestiegen, das sie sich hier aufgebaut hatte. Auch seine jüngere Schwester Wiebke hat sich entschlossen, hierzubleiben, und ist jetzt Erzieherin im örtlichen Kindergarten.

Aber zwei- oder dreimal im Jahr machen die Geschwister Familienurlaub. Sie besuchen ihren Vater, helfen ein bisschen auf dem Apfelhof und verbringen ein paar Tage in dem kleinen Ferienhaus, das die Jansens an der Küste haben.

Schon früher wurden dort die Sommerferien verbracht. Ab und zu war ich auch dabei und habe unendlich lange Tage mit ihnen am Meer genossen.

Es wäre schön, wieder einmal dorthin zurückzukehren.

„Ich frage meinen Dad mal, wann es ihm passt", murmelt mein bester Freund jetzt, während er konzentriert in einen Kreisverkehr einfährt. „Und bestelle schon einmal den Kuchen vor."

Mit einem kurzen Seitenblick grinst er mich an.

Ich lächele zurück.

Er ist echt der Beste.

Der beste Freund, den ich mir vorstellen kann.

Der beste Kerl, den ich mir vorstellen kann.

Alle Typen, mit denen ich je ernsthaft liiert war, messe ich insgeheim an ihm.

An seinem Charme. An seiner Spontanität. An seiner Fürsorglichkeit. Und ein bisschen auch an seinem Aussehen.

Wir sind beide 25, aber Tomme hat irgendwie nie diese jugendliche Ausstrahlung verloren.

Genau wie ich steht er schon einige Jahre im Berufsleben, aber er könnte auch ein Student in den höheren Semestern sein. Er ist immer betont lässig gestylt, trägt die etwa schulterlangen, braunen Haare in so einem kleinen Dutt, der nicht jedem Männerkopf schmeichelt.

Aber bei ihm funktioniert's.

Es passt zu seinem Drei-Tage-Bart, zu den Augen, in denen immer ein leicht amüsiertes Blitzen liegt.

Es passt zu dieser Kombi aus T-Shirt und Jeans, die Tomme schon abgetragen im Second-Hand-Shop kauft, aber an ihm gewollt nachlässig aussieht.

Er ist dieser unglaublich nette, coole Typ. Und ich bin so eine Art Anhängsel, das er seit dem Sandkasten mitschleppt.

Eigentlich schon krass, dass er mich in all den Jahren nicht loswerden wollte. Mich und meine nie enden wollenden Komplikationen. Mich und meine Familienprobleme. Mich und meine Männergeschichten. Mich und mein Künstlerdasein. Er fängt mich immer wieder auf, wenn ich stolpere ... oder einfach volles Rohr auf die Nase falle.

Ich hänge diesen Gedanken noch nach, als er den Wagen seitlich an einem Gehsteig parkt. „Essen fassen", verkündet er, als er die Handbremse anzieht. Weil das einfach die Art von Phrase ist, die Tomme manchmal raushaut.

„Yay", sage ich mit zurückhaltender Begeisterung.

Vorhin hatte ich noch einen Bärenhunger, aber jetzt gerade ... Jetzt gerade will ich einfach nur dasitzen, während Tomme mich weiter durch den Sommerabend fährt. Ich wünschte, die Strecke von Buchingen nach Fichtingen wäre länger. Dann könnte ich länger meine schwer gewordenen Beine ausruhen und länger in Tagträumen versinken.

Tomme ist schon ausgestiegen und umrundet den Wagen. Schwungvoll reißt er meine Tür auf. „Auf geht's! Wir holen uns was Leckeres und dann geht's aufs Sofa."

Der Gedanke, es mir mit ihm vor dem Fernseher gemütlich zu machen, motiviert mich schon eher.

Ich hieve mich aus dem Beifahrersitz.

Wir laufen an zwei Ladenfronten vorbei, hin zu dem Lokal, das – solange ich denken kann – riesige Grünpflanzen in seinem großen Fenster stehen hat. Durch die Blätter hindurch kann man die wenigen Tische im Innern ausmachen. Das *Ha Long* ist eine kleine Institution in unserer Stadt und eigentlich immer gut besucht.

Tomme ist vor mir an der Eingangstür, zieht sie auf und lässt mich hindurchgehen.

Sofort habe ich den würzigen Geruch von gebratenem Reis in der Nase. In dem winzigen Restaurant ist es genauso warm wie draußen, aber das stört die Leute an den Tischen nicht. Die Gespräche sind angeregt, die dampfenden Teller werden schnell geleert.

Tomme tritt an den Tresen und dreht sich zu mir herum.

„Einfach das Übliche zum Mitnehmen?", fragt er. „Oder willst du heute rebellisch sein und etwas Neues probieren?" Grinsend wedelt er mit einer der gefalteten Speisekarten vor meiner Nase herum.

„Das Übliche", sage ich ein wenig kleinlaut und schaue zu meinen Füßen.

Er zieht mich oft damit auf, dass ich immer dasselbe bestelle. Aber ich bin beim Essen eben ein Gewohnheitstier.

„Tomme! Alter!" Bevor mein bester Freund mich weiter sticheln oder für uns bestellen kann, ruft jemand seinen Namen.

Ich schaue auf.

„Hung!" Tomme geht an mir vorbei. „Hey! Du bist in der Stadt?" Er breitet die Arme aus und umarmt unseren alten Schulfreund.

„Hi Fiona", grüßt mich Hung über Tommes Schulter hinweg. „Alles klar?"

Ich nicke und hebe eine Hand. „Hallo Hung."

„Wie kommt's, dass du hier bist?" Tomme entlässt unseren alten Bekannten aus der Umarmung. „Semesterferien oder so?"

„So ähnlich. Eigentlich ..." Hung kratzt sich grinsend am Hinterkopf. „Habe ich gerade meinen Masterabschluss hinter mir." Er ist nicht der Typ, der prahlt, aber man sieht den Stolz in seinen Augen blitzen. „Nicht, dass das meine Eltern daran hindern würde, mich hier als Kellner einzuspannen." Er lacht auf.

„Master?" Tomme reißt die Augen auf. „Das ist ja mega! Glückwunsch, Kumpel!"

„Danke." Hungs Lachen wird breiter. „Na ja, jedenfalls habe ich gerade ein wenig Freizeit, bevor im August mein PhD-Programm startet. Also bin ich jetzt zwei Monate im guten, alten Fichtingen."

„PhD?" Kurz befürchte ich, dass Tomme die Augen rausfallen könnten. „Du machst deinen Doktor? Alter, wie krass bist du denn?"

Ich staune auch. Hung war schon immer der Ehrgeizigste von uns gewesen. Früher in der Realschule hatte er die besten Noten und keiner aus unserer Clique war verwundert, als er nach der Mittleren Reife noch das Abi machte, um zu studieren. Über die Jahre hatte ich aus den Augen verloren, welchen Weg er eingeschlagen hatte, aber irgendwie passt es zu ihm, dass er jetzt den Doktortitel anstrebt.

„Das ist so cool", stimme ich in Tommes Lob mit ein. „In welcher Fachrichtung bist du unterwegs?"

„Finance", antwortet Hung so gelassen, als wäre es das Normalste auf der Welt.

Tomme lacht. „Die Manager-Lingo hast du auf jeden Fall schon drauf. Richtig gut, Alter!" Er klopft ihm noch einmal auf die Schulter. „Das müssten wir eigentlich feiern!"

Jetzt ist es Hung, der lacht. „Willst du einen im *Starlight Club* draufmachen? Wie in den alten Zeiten?"

„Klar, warum nicht?" Tomme grinst herausfordernd. „Ich wette, die machen noch genauso krasse Cocktails wie damals."

„Na gut … warum nicht?" Hung schüttelt schnaubend den Kopf. „Bist du auch dabei, Fiona?", fragt er dann in meine Richtung.

Ich fühle mich kurz überrumpelt. Eigentlich liegen meine Clubbing-Zeiten hinter mir. Ich verbringe meine Abende lieber auf die gemütliche Art.

Trotzdem höre ich mich sagen: „Ich … ähm … klar."

„Wie wär's nächstes Wochenende?", schlägt Tomme eifrig vor. „Vielleicht eher Freitag als Samstag? Nach den Hochzeiten ist Fio immer gerädert und ich ehrlich gesagt auch."

„Ach, macht ihr jetzt beide Floristik?", erkundigt sich Hung und schaut zwischen uns hin und her.

„Ich fotografiere", kläre ich kurz auf.

„Und ich kümmere mich um die Blumen." Tomme grinst kurz in meine Richtung.

„Das dynamische Duo. Wie immer." Hung pausiert kurz, als würde ihm noch etwas auf der Zunge liegen, aber dann sagt er nur: „Gut, dann Freitag. Ich freu mich drauf."

„Ich mich auch." Tomme strahlt und ich nicke bei-
pflichtend.

„Okay, das wäre also geklärt. Aber ich schätze, ihr seid
nicht hergekommen, um mit mir ein Date auszumachen,
also ..." Hung zückt einen kleinen Block. „Was möchtet ihr
essen?"

Wir verlassen das Lokal wenig später mit zwei vollen
Plastiktüten, aus denen es verführerisch duftet.

„Mega, dass Hung für eine Weile wieder in der Stadt ist!"
Tomme hat noch immer ein breites Grinsen im Gesicht.

„Ja." Ich freue mich auch. Nur dringt die Freude nicht
bis in meine Stimme.

So schön es ist, unseren alten Schulfreund wieder in
unserer Nähe zu haben ... Meine Gedanken kreisen um etwas
anderes. Nämlich darum, dass Hung erreicht hat, was er
wollte, und wir – oder zumindest ich – nicht.

Er hat das Abi gemacht, er hat studiert und geht jetzt den
nächsten Schritt mit dem Doktortitel und ich ...

Ich trete noch immer auf der Stelle.

„So hungrig?" Tomme missversteht meine Einsilbigkeit.
„Komm." Er legt seinen freien Arm um mich. „Wir fahren
heim und hauen uns mit dem Essen aufs Sofa."

„Klingt gut", lüge ich, denn wenn ich jetzt ehrlich zu ihm
wäre, würde ich ihm das Wiedersehen mit Hung verderben.
Und den ganzen restlichen Abend auch.

Ich lehne mich an seine Seite und sehe zu Tomme auf.
Er sieht so zufrieden aus. Er wirkt immer so glücklich mit ...
allem. Er teilt meine Rastlosigkeit und mein Gefühl, nicht
genug erreicht zu haben, wahrscheinlich gar nicht.

Wer bin ich, ihm das Leben, das er führt und genießt,
madigzumachen?

Nur wegen eines pubertären Versprechens, dass wir es mal weiter wegschaffen würden?

Nur wegen meiner eigenen Unzufriedenheit?

Ich lasse mich von ihm zum Auto führen, nehme beide Essenstüten und stelle sie auf meiner Seite in den Fußraum, damit Tomme sich wieder hinters Steuer setzen kann.

Er steigt ein, startet den Motor und dreht das Radio auf. Ich bin dankbar für den Chartsong, der aus den Lautsprechern dröhnt und sich als hartnäckiger Ohrwurm zwischen meine trüben Gedanken schlängelt.

Während Tomme ausparkt, startet der Refrain und er singt lauthals mit. Es klingt furchtbar schief.

Ich schmunzele und schüttele den Kopf.

„Was denn?", fragt er mich gespielt überrascht, als er das Auto auf die Fahrbahn lenkt. „Habe ich den Ton nicht getroffen?"

„Knapp daneben", sage ich und ziehe die Nase kraus.

Er zuckt mit den Schultern. „Na ja, solange es hilft."

Er singt weiter. Noch lauter und noch schiefer.

„Wobei soll das helfen?" Ich schnappe lachend nach Luft. „Hör auf! Das ist ja grauenhaft!"

Tommes Mundwinkel zucken nur. Er lässt sein Fenster herunter, während wir im Begriff sind, an der nächsten Ampel zu halten.

„Oh mein Gott, nein, lass das!" Ich lache zwar, aber trotzdem schlage ich mir jetzt die Hände vors Gesicht. „Du bist so peinlich!"

Durch meine Finger hindurch sehe ich schon die ersten Passanten, die stehen bleiben oder sich nach dem Auto mit dem laut grölenden Fahrer umdrehen.

„Die denken noch, du bist betrunken oder so!", zische ich Tomme zu.

Ich ducke mich, sodass hoffentlich niemand sieht, dass ich neben diesem Chaoten im Auto sitze.

„Ich kann dich nicht hören! Was hast du gesagt?", fragt mein bester Freund, als der Sänger eine kurze Pause macht und Gitarren-Riffs aus dem Radio dringen. Er bremst den Wagen. „Ey, futterst du jetzt schon ohne mich im Fußraum, oder was?"

Ich habe mich so weit nach vorn gebeugt, dass meine Brust auf meinen Knien liegt und meine Nasenspitze fast die Tüten vom *Ha Long* berührt.

Tomme pikst mich in die Seite. „Das ist also der Dank dafür, dass ich dich aufmuntere."

Ich drehe den Kopf zur Seite, schaue zu ihm hoch und funkele ihn an. „Das ist der Dank dafür, dass du mich blamierst!"

Er sieht kurz zu mir, dann schaltet wohl die Ampel auf Grün und sein Blick wandert zurück auf der Straße. Er grinst, während er den Schalthebel bedient.

„Ich könnte dich nie blamieren", murmelt er. „Du magst mich zu sehr."

Ich vergrabe mein Gesicht wieder in den Händen.

Es ist besser, wenn ich ihm darauf keine Antwort gebe.

3 – Was sich neckt

Tomme parkt vor seinem Mietshaus.

„Home Sweet Home."

Er hat den Satz noch nicht einmal ganz ausgesprochen, da schnallt er sich schon ab und steigt aus.

Ich erhebe mich deutlich schwerfälliger aus meinem Sitz. Nicht, dass ich nicht auch schnell in die Wohnung im Hochparterre kommen möchte.

Ich wünsche mir gerade nichts sehnlicher, als mich auf Tommes Sofa fallen zu lassen. Der verführerische Duft, der aus den Take-out-Tüten im Fußraum steigt, trägt außerdem dazu bei, dass ich mir wünsche, bereits auf den bequemen Polstern zu sitzen – mit einer Schüssel Essen auf dem Schoß.

„Auf geht's, Fio." Tomme klopft an die Scheibe. „Ich hab echt Hunger."

Er hat meine Kameratasche links und seinen eigenen Rucksack rechts geschultert. Mit hochgezogener Augenbraue schaut er mich an.

Ich seufze, löse endlich die Schnalle am Sicherheitsgurt und stoße die Beifahrertüre auf. Jede Bewegung ist begleitet von einem leidigen Geräusch aus meiner Kehle.

Tomme lacht mich aus. „Du stöhnst wie eine alte Frau mit Rückenschmerzen."

„Lass mich!" Ich verdrehe die Augen und bücke mich nach dem Essen aus dem *Ha Long*. „Ich gehe eben auf die Dreißig zu."

„Du bist fünfundzwanzig."

„Sag ich doch." Vollgepackt richte ich mich auf. „Fast dreißig."

Er runzelt die Stirn. „Fünfundzwanzig ist nicht dreißig. Und dreißig ist nicht alt." Sein Blick wird strenger. „Und wenn du mir jetzt widersprichst, fasse ich das als persönliche Beleidigung auf."

„Schon gut, schon gut." Ich schiebe mich an ihm vorbei und nehme die ersten Treppenstufen. Zur Haustür ist es ein kurzer Aufstieg. „Wir sind jung und sprühen vor Energie." Meinen leiernden Tonfall hört er wohl, aber er beschließt, ihn zu ignorieren.

„Geht doch", brummt Tomme zufrieden.

Ich spüre seinen Atem in meinem Nacken.

Er steigt dicht hinter mir die Stufen hinauf.

„Diese Treppe ist ganz schön halsbrecherisch", murmele ich, während sich an meinem Hals eine Gänsehaut bildet. „Kommt man die überhaupt in einem Stück runter, wenn es mal nass oder glatt ist?" Ich habe plötzlich das starke Bedürfnis, über etwas Belangloses zu sprechen. Alles, was mich davon ablenkt, wie nah er mir gerade ist.

Tomme schnaubt. „Na ja ... manchmal rutscht schon jemand aus. Aber wir haben ja jetzt diesen Dr. Krenz mit im Haus. Der ist quasi ein Ersthelfer vor Ort."

„Der aus dem dritten Stock?" Ich lache auf. „Na, wie gut, dass ein alter Herr im Ruhestand zu meiner Rettung kommt, wenn ich mir hier mal den Kopf aufschlage."

Ich schüttele den Kopf.

Im nächsten Moment spüre ich, wie sich mein Zopf löst.

„Dein Dickschädel?" Tomme freut sich hörbar, dass er mir das Haarband geklaut hat. „Das kann ich mir gar nicht vorstellen, dass der sich so leicht knacken lässt."

Ich drehe mich zu ihm herum. „Hey! Lass den Quatsch!" Meine Wangen fühlen sich warm an und sind sicher knallrot. „Schließ lieber die Haustür auf, sonst stolperst *du* gleich die Stufen runter."

Tomme schüttelt amüsiert den Kopf und stülpt sich meinen Scrunchie übers Handgelenk, ehe er den Haustürschlüssel aus seiner Hosentasche holt. „Da ist wohl jemand extra hangry."

„Nein, du bist einfach anstrengend", widerspreche ich.

Er schüttelt den Kopf, greift über mich hinweg und öffnet mir. „Bitte schön."

„Danke." Ich stolziere hindurch und wende mich gleich nach links zu Tommes Wohnung. Mein Magen grummelt, während ich darauf warte, dass er auch diese Tür entriegelt.

Er wirft mir ein wissendes Lächeln zu.

„Kein Wort", zische ich.

Schweigend, aber mit einem ziemlich spöttischen Grinsen schubst er die Wohnungstür auf.

Wir stellen die Taschen und Tüten kurz an der kleinen Garderobe ab und ziehen unsere Schuhe aus. Zwei Paar Pantoffeln stehen schon bereit und ich bin heilfroh darüber. Neben meinem quengelnden Bauch tun mir nämlich auch die Füße weh. Ich war heute einfach zu lange auf den Beinen und meine Sohlen sehnen sich nach ein paar weichen Schlappen. Ich atme hörbar aus, als ich in die Hausschuhe schlüpfe.

„So schlimm?" Tomme tätschelt mir den Kopf, bevor er die Diele runter in Richtung Wohnküche geht. „Du kannst dir ja erst mal was Bequemes anziehen."

Er greift sich unser Take-out.

Seinen Rucksack und meine Kameratasche lässt er im Flur stehen. Ich überlege kurz, sie ihm hinterherzutragen, aber im Grunde hat er recht. Er braucht seine Tasche heute Abend nicht mehr und ich kann auch noch morgen meine Fotos sichern und sichten.

„Hey! Lass dir nicht zu viel Zeit, sonst sind die Frühlingsrollen weg!", ruft er über die Schulter, als ihm auffällt, dass ich mich nicht bewegt habe.

„Ja, ja!" Ich sehe noch, wie er in die Küche abbiegt, dann haste ich ins Bad. Meine Shorts von gestern Abend liegt dort noch über dem Badewannenrand. Schnell streife ich meine Culotte ab und ziehe die Hose aus weichem, beigen Sweatstoff meine Beine hinauf.

Ich schäle mich auch aus dem verschwitzten Top und dem BH ... finde aber mein T-Shirt von gestern nicht. Kurzerhand greife ich nach einem Unterhemd von Tomme, das an einem Haken an der Wand hängt.

„Das sind die besten Frühlingsrollen aller Zeiten!", höre ich Tomme rufen, während ich mir kurz am Waschbecken Hände und Gesicht wasche.

„Hey!", plärre ich zurück. „Lass mir bloß welche übrig!"

„Hmm ... So lecker!", kommt es genießerisch aus dem anderen Zimmer.

Ich reiße die Badezimmertür auf und stürme über den Gang in die Küche. „Hast du wirklich schon ohne mich angefangen?", frage ich vorwurfsvoll.

„Quatsch, ich wollte dich nur ..." Tomme sieht vom Küchentisch auf, wo die Boxen mit den unterschiedlichen Gerichten aus dem *Ha Long* noch beinahe unberührt stehen.

Er hat gerade erst angefangen, zwei Schalen mit Reis und einer Mischung aus Tofu und Gemüse zu befüllen, als er mich ansieht und in der Bewegung innehält.

„I-Ist das …" Er räuspert sich und senkt schnell wieder den Blick. „Mein Ripphemd?"

„Ähm … Ja", entgegne ich unsicher. Ich hatte nicht gedacht, dass es ihm etwas ausmachen würde, wenn ich es mir borge. „Warum?"

Er läuft zum Sofa, ohne mich anzusehen, greift nach meinem Schlafshirt, das dort noch von heute Morgen liegt, und wirft es mir zu. Ich fange es verdattert auf.

„Es ist …" Er sieht mir in die Augen und sein Ausdruck ist seltsam. Irgendwie dunkler. Irgendwie nicht Tomme-mäßig. „Es ist nicht blickdicht."

„Was?" Ich brauche einen Moment, um zu verstehen, warum das relevant ist. Dann schaue ich an mir herunter und drücke mir schnell das Schlafshirt vor die Brust.

„Oh!" Meine Wangen, meine Ohren, mein Hals … Alles glüht, als mir klar wird, dass ich mich Tomme gerade quasi oben ohne präsentiert habe. „Sorry."

„Alles gut." Er kratzt sich im Nacken und kehrt zum Esstisch zurück. „Also … Ist es okay, wenn ich dir einmal alles in die Schüssel tue?", fragt er und macht sich wieder ans Verteilen unseres Abendessens.

Ich nicke. Tomme sieht meine Zustimmung nicht, fährt aber einfach mit dem fort, was er tut. Nachdem Reis und Gemüse in der Schale sind, legt er jedem von uns noch ein paar Bratnudeln und drei Frühlingsrollen obendrauf.

„Okay, danke …" Ich räuspere mich, schlüpfe in das Schlafshirt und bewege mich in Richtung Couch. „Ich mache uns mal Platz." Etwas ungelenk raffe ich mein Bettzeug zusammen und schiebe es an den Rand des Sofas, sodass genug Raum für uns beide auf der Sitzfläche ist. „Soll ich schon einmal den Fernseher einschalten?", frage ich und richte mich auf.

„Gern." Tommes Stimme klingt rauer als sonst. Oder vielleicht hört sie sich auch nur für mich so an, weil mir mein eigenes Blut noch in den Ohren rauscht.

Ich setze mich hin und greife nach der Fernbedienung. Mit einem Klick schalte ich den Bildschirm ein und starte den Streaming-Service, für den wir uns die Abogebühr schon seit Jahren teilen. Wer hätte gedacht, dass wir tatsächlich einmal im selben Haushalt leben würden, anstatt nur für den Familienaccount so zu tun. Ich finde *Bones*, warte aber, bis Tomme neben mir sitzt, ehe ich die Folge starte.

„Willst du noch was trinken?", fragt er, als er gerade die beiden gut gefüllten Schüsseln auf dem Couchtisch absetzt. „Wasser? Ein Bier?"

„W-Wasser." Mein Mund fühlt sich ganz trocken an, als ich in sein Gesicht sehe. „Wasser ist gut, danke."

Er nickt und läuft zum Kühlschrank. „Ich brauche ein Bier", murmelt er so leise, dass ich es kaum höre.

Schweigend schaue ich zu, wie er eine Flasche für sich aus dem Gemüsefach, das in seiner Küche als Getränkefach genutzt wird, fischt. Anschließend befüllt er an der Spüle ein Glas mit Wasser.

„Bitte sehr", sagt er, als er zurück am Sofa ist und mir das Wasser hinhält.

„Danke." Ich nehme das Glas entgegen und irgendwie beben mir dabei die Hände.

„Also ..." Tomme öffnet sein Bier und nickt in Richtung Fernseher. „Wo waren wir stehen geblieben?"

„Booth merkt langsam, dass er auf Brennan steht", antworte ich automatisch.

Tommes Blick schnellt für einen Wimpernschlag zu mir.

„Richtig", sagt er und nimmt einen Schluck aus seiner Flasche.

„Hoffentlich ist die Leiche nicht wieder so supereklig, damit uns nicht der Appetit vergeht." Er schnaubt.

„Ich habe einen starken Magen", sage ich, drücke auf Play und spüre, wie die Gelassenheit langsam zu mir zurückkehrt. Es ist Tomme, verdammt.

Ich schlafe seit Wochen bei ihm und das ist bestimmt der tausendste TV-Abend mit ihm.

Ich sollte mich wieder einkriegen.

„Ich erinnere dich daran, dass du das gesagt hast, wenn du später im Badezimmer reiherst", sagt er grinsend.

Endlich schaut er mich wieder an wie immer.

„Ich werde nicht reihern", sage ich.

„Wetten doch?", fordert er mich heraus.

„Wetten nicht?", halte ich dagegen.

Er nimmt einen großen Schluck Bier. „Okay, die Wette gilt. Wer gewinnt, kriegt die letzte Frühlingsrolle."

„Deal", murre ich und schiebe mir den ersten Happen Essen in den Mund.

„Du wirst schon sehen", füge ich kauend hinzu.

Er lacht leise. „Ich halt dir dann die Haare, Fio."

„Musst du auch", gebe ich zurück und deute auf sein Handgelenk. „Du hast meinen letzten Zopfgummi."

Er schielt kurz zu dem Scrunchie an seinem Arm.

„Hab ich das?", murmelt er leise und lehnt sich zufrieden zurück.

4 – Immer wieder sonntags

„Fio."

Ich höre meinen Namen. Er sickert in meinen Traum, hängt sich geschmeidig an die Lippen, die mich in diesem rosaroten Gedankenspiel küssen. Sie streifen meine Stirn, meine Wangen, meinen Mund und wandern schließlich meinem Hals hinab ...

„Fio."

Ich lächele, kichere vielleicht ein wenig. Alles kribbelt. Gänsehaut breitet sich auf meinem Körper aus, obwohl es unter der Decke wohlig warm ist. Sanfte Küsse lassen mich erschaudern und ich kuschele mich ein wenig tiefer ins Kissen.

„Fiona." Ein Lachen. So ein schönes Lachen.

Es ist, als würde der Klang über meine Haut streichen. Über meinen Nacken fährt er meinen Rücken hinunter. Ich seufze und eine Hand berührt mich an der Stirn.

„Fiona, komm schon ..." Eine Fingerspitze tippt gegen meine Nasenwurzel. „Wach auf."

Aufwachen? Jetzt?

Ich werde an der Schulter gerüttelt und die Berührung ist so ein krasser Gegensatz zu den Zärtlichkeiten hinter meinen geschlossenen Lidern, dass ich aufschrecke.

„Was?" Ich reiße den Kopf hoch.

„Woah, langsam!"

Jemand macht eine hektische Bewegung.

Ich blinzele gegen die Verschwommenheit in meinem Sichtfeld an. „Was ist los?" Die Frustration in meinem Tonfall ist kaum zu überhören.

„Ich hätte gerade fast deinen Kaffee über dem Sofa verteilt, das ist los." Tomme geht vor mir in die Hocke und hält mir eine große Tasse direkt unter die Nase. „Zeit, aufzustehen, Sonnenschein."

„Aufstehen?" Ich reibe mir die Augen. „Warum? Wie ... Wie lang stehst du da schon?"

Er grinst. „Lang genug, um zu wissen, dass du einen unanständigen Traum hattest."

„H-Hatte ich nicht!", protestiere ich sofort.

„Nicht?" Sein Blick ist gleichermaßen skeptisch und belustigt.

„Nein!" Hitze steigt meinen Hals hinauf.

„Das heißt, du hast hier nicht gerade süße Liebe mit der Bettdecke gemacht?"

„Nein!"

„Na gut." Er hält mir wieder die Tasse hin. „Kaffee?"

„Nein!", antworte ich automatisch. „Oh, ähm, doch." Meine Wangen glühen. „Danke."

Tomme reicht mir den großen, dampfenden Porzellanbecher. Ich reiße ihn an mich und atme den herben Geruch tief ein.

„Na also." Eine warme Hand rauft mir durchs Haar. „Werd erst mal wach, aber nur dass du es weißt: Es ist halb elf." Tomme deutet auf seine Armbanduhr.

Ich lege die Stirn in Falten und nehme den ersten Schluck von meinem Getränk.

Der Kaffee ist schwarz und stark, so wie ich ihn mag. Trotzdem wirkt er nicht sofort, denn ich weiß beim besten Willen nicht, weshalb die Uhrzeit gerade so relevant ist.

Tomme sieht meine Verwirrung. „Meine Ma und Wiebke kommen in einer halben Stunde ...", erklärt er. „Du erinnerst dich? Zum Brunch?"

„Oh, shit", entfährt es mir zwischen zwei Schlucken. „Shit, shit, shit."

„Hey." Tomme drückt mich zurück aufs Sofa, als ich gerade aufspringen will. „Kein Grund zur Panik."

„Aber ..." Ich stelle die Tasse auf den Couchtisch und strampele mich von der Decke frei. „Ich muss meinen Kram zusammenräumen. Es sieht aus, als hätte eine Bombe eingeschlagen."

Tomme schüttelt den Kopf und schlendert in Richtung Küchenzeile. „Bleib cool. Sie wissen doch, dass du gerade bei mir crashst."

„Ja, aber ..." Ich schäle mich aus den Laken. „Sie wissen nicht, dass ich so eine Chaotin bin."

Tomme schaut über seine Schulter und schnaubt. „Glaub mir, das wissen sie!"

„Tomme!" Ich funkele ihn an.

„Was?" Er lehnt sich an einen Küchenschrank und hebt eine Braue. „Sie kennen dich seit unserer Kindergartenzeit. Glaub mir, sie machen sich keine Illusionen über dich. Entspann einfach."

„Und was ist mit ..." Entgegen seiner Anweisung fange ich an, mein herumliegendes Zeug zusammenzuraffen. „Mit dem Essen? Muss nicht noch irgendwas vorbereitet werden?"

„Ist schon alles fertig." Er hebt eine Tasse an seinen Mund und deutet beiläufig auf den Esstisch.

Ich richte mich auf und folge seinem Fingerzeig.

Erst jetzt fällt mir auf, dass die Take-out-Behälter von gestern Abend verschwunden sind und stattdessen für vier Personen eingedeckt wurde. Zwischen den Tellern steht ein Korb mit Brötchen, ein kleines Arsenal süßer und herzhafter Aufstriche, Gemüsesticks, eine Schüssel Nudelsalat und eine Servierplatte mit etwas, das verdächtig nach Tommes hausgemachten Kidneybohnen-Frikadellen aussieht.

Mit einem Mal rieche ich das Aroma der gebratenen Köstlichkeit und mir läuft das Wasser im Mund zusammen.

„Wann hast du das alles gemacht?", frage ich überrascht und ein wenig schuldbewusst. Hatte ich einfach durchgeschlafen, während er in der Küche geschuftet hatte?

„Heute Morgen." Tomme zuckt mit den Schultern.

Ich zupfe verlegen an meinem Schlafshirt herum. „Warum hast du mich nicht früher geweckt, damit ich dir dabei helfe?"

„Um dich aus deinem sexuellen Wunschtraum mit meinem Sofakissen zu reißen?" Er lacht laut auf. „Ich bin doch nicht grausam."

„Hey! Es war nicht *so ein* Traum!" Ich verschränke die Arme vor der Brust.

„Natürlich nicht." Er zwinkert.

Mit brennenden Wangen mache ich mich wieder daran, meine herumliegenden Klamotten und anderen Kleinkram in meine offen stehende Reisetasche zu bugsieren. „Darf ich meine Sachen in dein Schlafzimmer stellen, damit sie aus dem Weg sind?"

Er nickt. „Klar."

Ich schlinge mir die große Tasche über die Schulter und nehme auch gleich noch das Kopfkissen und die Bettdecke mit. Voll bepackt verlasse ich die Wohnküche und schleppe alles einmal über den Gang.

Weil ich keine Hand freihabe, muss ich die Klinke von Tommes Schlafzimmertür umständlich mit dem Ellenbogen herunterdrücken. Ich schiebe mich hinein und sofort umfängt mich dieser Duft.

Tommes Duft.

Er ist überall in seiner Wohnung wahrnehmbar, aber hier ist er am stärksten. Es ist eine Kombination aus seinem Waschmittel, das ein bisschen nach Limone riecht, seinem holzigen Aftershave und diesem ganz bestimmten Geruch, den Blumenläden haben. Und dann ist da noch diese spezielle Note, die einfach Tomme ist.

Mir fällt erst auf, dass ich wie ein Creep mit geschlossenen Augen vor seinem Bett stehe und schnüffle, als Tomme hinter mir durch die Tür tritt.

„Stell es einfach irgendwohin, wo Platz ist." Glücklicherweise scheint er mein seltsames Verhalten als Unschlüssigkeit zu interpretieren.

Ich lache – teils erleichtert, teils belustigt – auf. „Hier ist überall Platz!"

Tommes Schlafzimmer ist sehr ordentlich und minimalistisch eingerichtet. Es gibt ein Bett mit massivem Holzrahmen, das natürlich schon gemacht ist. Gegenüber davon steht ein schlichter Sekretär, aus dessen Fächern nie irgendwelcher Papierkram hervorquillt.

Neben dem Fenster tummeln sich zwei schmale, nachtblaue Spindschränke, in die tatsächlich all seine Klamotten passen. Daneben wartet ein geflochtener – und natürlich längst nicht voller – Wäschekorb auf seinen Einsatz.

Drei Pflanzen haben sich strategisch im Raum verteilt: Eine große Zimmerpalme, eine Grünlilie und eine Efeutute, die von der Decke hängt. Es ist das Pinterest-Paradebeispiel für ein geschmackvoll eingerichtetes Junggesellen-Zimmer.

Ich lege mein Bettzeug auf das Fußende seiner Matratze und stelle die Reisetasche daneben ab. „Okay so?"

„Natürlich." Tomme geht an mir vorbei und stellt einen Karton mit weiterer meiner Habseligkeiten auf den Hocker am Sekretär. Dann legt er das säuberlich gefaltete Bettlaken, das gerade eben noch drüben auf dem Sofa ausgebreitet war, zu den anderen Sachen aufs Bett.

„Das ist schon krass", sagt er seufzend.

„Was?" Ich schaue ihn verwundert an.

„Dass alles, was du besitzt, in eine Reisetasche und einen Karton passt." Der Blick, mit dem er mich mustert, ist intensiv und mir irgendwie unangenehm.

Ich winke ab. „Du vergisst das Monstrum von Kameratasche, das noch draußen im Flur steht. Und mein Notebook, das hier noch irgendwo rumfliegt."

„Das ist trotzdem nicht viel." Er schüttelt den Kopf. „Gar nicht viel für ein ganzes Leben."

Tomme starrt mich unverwandt an.

Ich blinzele. Wow, diese kleine Aufräumaktion wird gerade unerwartet emotional.

„Ich sollte mich umziehen", sage ich schnell. „Würdest du ...?" Ich nicke in Richtung der Tür.

„Oh, ähm, klar." Ein Hauch von rot erscheint auf seinen Wangen, als er sich schnell an mir vorbeidrückt, den Raum verlässt und die Tür hinter sich schließt.

Ich atme tief durch, vertreibe die tristen Gedanken, die sich gerade in meinen Kopf drängen wollen, und beuge mich über meine Reisetasche. Ein Sammelsurium an dezent gefärbten Knäulen starrt mir entgegen.

Ich bin niemand, der sich besonders farbenfroh kleidet. Bei meinen Einsätzen als Hochzeitsfotografin möchte ich auch gar nicht mit meiner Garderobe auffallen.

Ich halte mich bewusst im Hintergrund. Deswegen sind die meisten meiner Anziehsachen in Beige und Grau gehalten; hier und da mal ein gedeckter Grün- oder Blauton, neben den obligatorischen schwarzen Basics.

Ich fische ein salbeigrünes Stretch-Shirt und eine beige Musselinhose aus der Tasche. Es scheint mir angemessen für einen Sonntag mit der Familie, außerdem fällt bei diesen beiden Stücken nicht so sehr auf, was für eine hartnäckige Bügel-Verweigerin ich bin.

Nachdem ich mich angezogen habe, schlüpfe ich aus dem Schlafzimmer ins benachbarte Bad. Ich möchte zumindest den komischen Geschmack in meinem Mund – eine Kombination aus den Unmengen an gut gewürztem vietnamesischem Essen, das ich gestern Abend vor dem Fernseher verdrückt habe, und der halben Tasse schwarzen Kaffee – loswerden, bevor Tommes Mutter und Schwester hier auftauchen.

Während ich die Zahnbürste in meinem Mund herumschiebe, betrachte ich kritisch mein Spiegelbild.

Ich hatte mich gestern nicht richtig abgeschminkt und habe die Reste meiner wasserfesten Mascara sehr kunstvoll rund um meine blauen Augen verschmiert. Außerdem ähnelt mein dunkelblondes Haar einem sehr nachlässig zusammengezimmerten Vogelnest.

Ich spucke die Zahnpasta aus, versuche, mit Reinigungsmilch meine Augen-Partie zu korrigieren, und kämme mein Haar. Als ich durch die Badezimmertür die Klingel schrillen höre, bin ich einigermaßen zufrieden mit meinem Aussehen.

Ich stecke meine Kosmetikartikel in den pinken Kulturbeutel, der offen auf dem Wannenrand steht. Dann sehe ich mich kurz um und räume ein paar achtlos herumliegende Handtücher und Kleidungsstücke beiseite.

Ich checke noch, ob die Toilettenpapierrolle getauscht werden muss. Zufrieden, zumindest kein absolutes Durcheinander hinterlassen zu haben, trete ich hinaus auf den Flur.

„Fio!", kreischt es laut an meinem Ohr und im nächsten Moment werde ich in eine feste Umarmung gezogen.

Buschiges, braunes Haar kitzelt mich in der Nase und ich rieche den vertrauten Duft von Wiebkes Apfelshampoo.

„Hey, Kurze!" Tatsächlich ist Tommes Schwester nur minimal kleiner und auch nur knapp zwei Jahre jünger als ich, aber ich nenne sie schon immer so. Und auch wenn wir uns, seit ich bei Tomme untergekommen bin, relativ häufig sehen, fällt sie mir jedes Mal um den Hals, als wäre unser letztes Treffen Jahre her.

„Fiona, schön, dich zu sehen." Tommes Mutter legt mir eine Hand auf die Schulter.

In der anderen Hand hält sie einen kunstvollen Strauß bunter Blumen, zweifellos aus ihrem eigenen Geschäft.

Ich lächele sie an. „Hallo, Sylvia!"

„Ihr tut echt so, als wäre die verschollene Tochter zurückgekehrt." Tomme lehnt an der Wand des Flurs und verdreht die Augen. Ein Grinsen kann er sich trotzdem nicht verkneifen.

„Ist ja auch so!", behauptet Wiebke, während sie ihre Schuhe in eine Ecke donnert. „Wegen diesem Peter haben wir uns jahrelang kaum gesehen." Ihre braunen Augen fixieren mich. „Ich finde es immer noch so gut, dass du mit diesem Verlierer Schluss gemacht hast!"

„Wibbi!", ermahnt Tomme seine Schwester und erspart mir damit eine Antwort.

Sie streckt ihm die Zunge raus.

Sylvia legt ihren freien Arm um mich und schiebt mich in Richtung Küche.

„Ich bin auch froh, dass wir dich wiederhaben." Sie drückt mich an sich. „Die Wochenenden waren nicht dasselbe ohne dich."

Ich nicke nur, der Kloß in meinem Hals ist zu groß, um zu sprechen.

„Was stinkt hier denn so?", ruft Wiebke, die uns mit wenigen Schritten Abstand folgt.

„Das sind meine Bohnen-Frikadellen und wehe, du motzt weiter rum, dann kannst du dich mit trockenem Brot begnügen", antwortet Tomme.

„Du hast zu viele Zwiebeln reingemacht", murrt Wiebke dennoch, aber ihr Bruder ist schon durch die Küchentür und hört ihre Beschwerde nicht mehr.

„Also setzt euch", sagt er, als wir uns alle in dem Raum eingefunden haben. „Wer will Kaffee?"

„Ich!", meldet sich Wiebke zuerst.

„Super!" Tomme lässt sich auf einen Stuhl fallen. „Du kannst uns allen einschenken."

„Kaum ist man da, muss man die Kellnerin spielen!", zischt Wiebke, nimmt aber trotzdem die Glaskanne aus der Filtermaschine und schenkt uns allen ein.

„Wie war's gestern?" Sylvia stellt die mitgebrachten Blumen in eine Vase und streicht sich eine ihrer dunklen Locken hinters Ohr. „Hast du die Sträuße fertiggekriegt?"

Tomme verzieht das Gesicht. „Ma ... Müssen wir direkt über die Arbeit reden?"

„Ich will einfach nur wissen, ob ich heute noch einmal in der Filiale in Buchingen vorbeischauen muss", erklärt Sylvia ruhig.

„Ja, ich bin fertig geworden", sagt mein bester Freund mit tiefem Seufzen. „Alle Bestellungen sind bereit für die Abholung morgen früh."

„Sehr gut. Danke." Seine Mutter streicht ihm über den Arm, dann setzt sie sich und nippt an ihrem Kaffee. „Und wie lief's bei dir, Fiona?"

„Ma!", protestieren Tomme und Wiebke gleichzeitig.

„Was denn?" Sylvia blinzelt in die Runde.

„Musst du jetzt auch noch Fio mit Business Talk nerven?" Wiebke schnalzt missbilligend mit der Zunge. „Es ist doch Sonntag."

„Entschuldigung." Sylvia lächelt ertappt in meine Richtung. „Ich bin zu neugierig. Wie waren die Blumen?"

„Nicht so schön, wie sie von euch gewesen wären", sage ich und nicke Tomme und seiner Mutter verschwörerisch zu. Diese beiden wissen, wie man aus Blüten die reinsten Kunstwerke macht. „Ich kann dir ja nachher ein paar Fotos von den Arrangements zeigen. Ich muss sowieso noch die Aufnahmen sichern und durchgehen."

Sylvias Augen beginnen zu leuchten. „Oh ja, bitte! Ich liebe es, der Konkurrenz nachzuspionieren!"

5 – Freunde und Familie

„Er hat *was* gefragt?" Mir fallen beinahe die Augen aus dem Kopf und ich verschlucke mich an dem letzten Bissen Frikadelle.

Wiebke klopft mir auf den Rücken. „Ob er seine Schwester anzünden darf."

„Berechtigte Frage, finde ich." Tomme fängt sich mit seinem Kommentar einen bitterbösen Blick von seiner Mutter ein. „Sorry, war nur'n Scherz", entschuldigt er sich schnell.

„Also ich weiß ja nicht ..." Wiebke seufzt. „In diesen True-Crime-Podcasts behaupten sie immer, niemand hätte kommen sehen, dass aus diesem netten kleinen Jungen mal ein Psychokiller wird." Sie nimmt einen beherzten Schluck von dem Sekt, den wir uns zwischenzeitlich alle eingeschenkt haben. „Aber ich wette mit euch, die haben einfach nie die Kindergärtnerin gefragt. Ich habe mindestens drei solche Kandidaten in meiner Gruppe."

„Wiebke, sag doch sowas nicht!" Sylvia hält sich die Hände vors Gesicht. Sie bemüht sich, streng rüberzukommen, aber ich habe die Vermutung, dass sie hinter ihren überkreuzten Fingern lacht.

„Wieso nicht? Stell dir mal vor, du müsstest den Eltern beim Abholen erklären, welche mörderischen Pläne ihr kleiner Liebling heute in der Puppenecke erörtert hat." Wiebke leert ihr Glas in einem Zug. „Kinder sind gruselig."

„Wie gut, dass du Erzieherin geworden bist." Tomme prostet ihr zu.

Sie nickt und schenkt sich nach. „Ich gegen den moralischen Verfall der Jugend. Tag für Tag. Ich finde, ich verdiene langsam einen Orden."

„Den verdienst du", stimme ich ihr zu.

Nicht ironisch, sondern weil ich es wirklich so meine.

Wiebke arbeitet hart und ganz egal wie sie im Kreis der Familie über die Ereignisse in der Kita spricht, ich habe sie oft genug mit Kindern erlebt und weiß, dass sie eine unendliche Geduld und Liebe für die Kleinen hat.

Die Tagesstätte in Fichtingen schmeißt sie mit nur zwei Kolleginnen. Allesamt bekommen sie viel zu wenig bezahlt, obwohl sie eine so wertvolle und wichtige Arbeit leisten. Es ist eine Schande.

„Auf Wibbis Verdienstorden!" Tomme hebt sein Glas und wir ziehen alle nach.

Die Sektflöten stoßen klirrend aneinander und Wiebke starrt jeden von uns mit Bedacht an.

„Ihr müsst euch in die Augen sehen!", ermahnt sie uns alle. „Vor allem ihr beide." Sie schaut zwischen Tomme und mir hin und her. „Endlich seid ihr mal gleichzeitig single. Wenn ihr jetzt anfangt, miteinander zu schlafen, soll es nicht direkt grottenschlechter Sex sein."

Mir fällt beinahe das Glas aus der Hand.

„Wiebke!" Sylvia schüttelt den Kopf, aber ihre Mundwinkel zucken verdächtig.

„Das ist nicht lustig, Wibbi." Tomme beißt sich auf die Lippe. „Fio ist frisch getrennt. Du könntest wirklich etwas sensibler sein."

„Und du könntest mutiger sein. Bei deinem Eroberungstempo habt ihr euer erstes Mal mit 80." Sie streckt ihm die Zunge raus.

„Wiebke!" Tomme leert sein Glas und stellt es hart auf dem Tisch ab. „Du redest Unsinn."

Er steht auf, dreht uns den Rücken zu und tritt an die Spüle, um mit dem Abwasch anzufangen.

„Findest du auch, dass ich Unsinn rede, Fio?" Der Blick aus Wiebkes braunen Augen ist herausfordernd.

„Ich ..." Blut rauscht durch meine Ohren und pulsiert in meinen Wangen. Ich werde rot und weiß, dass das unmöglich irgendjemandem an diesem Tisch entgehen kann.

Ich hole Luft. „Also wir ..."

„Wir sind Freunde!", stellt Tomme klar, ohne jemanden von uns anzusehen. „Freunde, verstanden?"

Er dreht den Wasserhahn auf und schnappt sich die Spülbürste, um eine Pfanne zu schrubben.

Mein Herz setzt einen Moment aus.

Freunde. *Freunde, verstanden?*

Ich nehme einen Schluck Sekt.

Ja, ich habe verstanden. Ich habe es schon vor Jahren verstanden. Ich wünschte nur, dieses dumme Ding in meiner Brust würde es auch endlich verstehen.

Wiebke schnaubt in ihr Glas, sagt aber nichts mehr.

Stattdessen ist es Sylvia, die sich um einen Themenwechsel bemüht.

„Ach ja, ich habe die Blumen vorbestellt. Der große Auftrag für Manousakis?", sagt sie an Tomme gewandt.

Ich horche auf. „Manousakis? Von dem griechischen Spezialitätengeschäft am Marktplatz?"

Tomme dreht sich zu uns herum und nickt. „Ja, Evgenia heiratet Ende August. Es wird ein riesiges Fest – sie und ihr Zukünftiger haben beide große Familien."

„Wer ist der Bräutigam?" Ich bin neugierig, weil ich mich an Evi noch aus der Schulzeit erinnere. Sie war in unserer Parallelklasse.

„Ismet Balci." Tomme fischt die Pfanne aus der Spüle, lässt kurz klares Wasser darüberlaufen und trocknet sie ab.

Bei dem Namen klingelt es bei mir. „Ismet? War der nicht auch an unserer Schule? So ein ganz schüchterner Typ?"

„Jepp." Tomme räumt das saubere Kochgeschirr in den Küchenschrank. „Er führt jetzt die Herrenschneiderei, die früher seine Eltern hatten. Schüchtern ist er immer noch, aber gleichzeitig auch verdammt gut gekleidet." Er lächelt.

„Wow." Ich hole tief Luft. „Wir sind jetzt also wirklich in dem Alter, in dem langsam alle in unserem Alter heiraten ..."

„Wieso? Schließt noch jemand den Bund fürs Leben, von dem ich wissen sollte?" Tomme kehrt interessiert an den Tisch zurück. „Und ich dachte, ich würde das als Florist als Erster mitkriegen!"

„Nein ... Niemand den du direkt kennst, aber ..." Ich schüttele den Kopf. „Erinnerst du dich an meinen Kumpel Julio? Das Model?"

Tomme wiegt den Kopf hin und her. „Kommt mir bekannt vor. Hast du für den nicht mal Porträtfotos gemacht?"

„Ja, genau, für seine Setcard." Ich nehme noch einen Schluck aus meiner halb leeren Sektflöte.

„Seine Mitbewohnerin Franziska heiratet in zwei Wochen und hat mich gebucht." Ich bemühe mich um einen freudigen Ausdruck, aber so ganz will das Lächeln nicht auf meine Lippen kommen. „Ich habe im Nachhinein erfahren, dass sie in der Kanzlei meines Vaters arbeitet." Ich trinke gleich noch einmal. „Und ihr Freund auch."

„Oh", kommt es von allen am Tisch gleichzeitig.

„Glaubst du denn, dass sie alle ihre Kolleginnen und Kollegen einlädt?", fragt Wiebke und legt mir sachte eine Hand auf den Unterarm.

„Ich … Ich weiß es nicht. Vermutlich nicht." Ein nervöses Lachen entwischt mir. „Es ist wahrscheinlich total lächerlich, dass ich mir darüber Gedanken mache."

„Du befürchtest, dass deine Eltern bei der Feier sein werden?" Sylvias Stimme ist voller Mitgefühl.

Ich nicke und schaue in mein Sektglas.

Tomme verschränkt die Arme vor der Brust. „Und wenn schon! Dann sehen sie endlich mal, wie gut du deinen Job machst!"

Ich schwenke mein Getränk, das nach und nach alle seine Blubberblasen einbüßt. „Irgendwie glaube ich nicht, dass ich sie damit beeindrucken werde."

Meine Eltern, insbesondere mein Vater, haben in der Vergangenheit mehr als deutlich gemacht, was sie von meiner Berufswahl halten. Und wie sehr es sie interessiert, wie das für mich läuft: nämlich gar nicht.

„Brauchst du den Auftrag denn?", fragt Sylvia.

„Ja." Ich schaue sie kurz an, dann wandert mein Blick zu Tomme. „Ich muss ein wenig Geld ansparen, damit ich genug für Kaution und Miete habe und Tomme nicht so lange auf die Pelle rücke."

„Na, das wäre natürlich fuuuurchtbar." Wiebke verdreht dramatisch die Augen. „Es ist sicher kaum auszuhalten, Fio ständig um dich zu haben. Nicht wahr, Brüderchen?"

„Wibbi", knurrt Tomme, dann sieht er mich ernst an. „Du kannst so lange bleiben, wie du willst. Das weißt du, oder?"

„Danke." Ich blinzele. Ich bin so gern bei ihm. Auch wenn es mich manchmal regelrecht zerreißt, ihm so nah, aber nie nah genug sein zu können.

„Braucht diese Franziska vielleicht noch Blumenschmuck?" Der charmant-verspielte Ausdruck ist in Tommes Gesicht zurückgekehrt.

Ich lächele. „Ich kann sie fragen, wenn du Evi fragst, ob sie schon eine Fotografin hat."

„Deal." Er greift über den Tisch und wir schütteln lachend Hände, als hätten wir gerade ein großes Geschäft abgeschlossen.

Wiebke schaut uns kopfschüttelnd dabei zu. „Ihr rafft gar nicht, wie gut ihr euch ergänzt, oder?"

„Liebes ..." Jetzt ist es Sylvia, die ihre Tochter ermahnt. „Lass es gut sein."

Wiebke rückt ihren Stuhl zurück. „Ihr seid einfach ein hoffnungsloser Fall." Sie steht beschwingt auf und verkündet: „Ich gehe jetzt aufs Klo."

„Viel Spaß", feixt Tomme. „Fall nicht rein."

„Mach weiter deinen Abwasch, Loser", sagt Wiebke über ihre Schulter.

Tomme schenkt sich Sekt nach. „Nee, den hebe ich für dich auf, Meckerliese."

Sylvia hebt ihr Glas an die Lippen und seufzt. „Sie werden so schnell erwachsen."

6 – Erst die Arbeit ...

Der Saum meines pastellblauen Sommerkleids streicht einen Hortensienstrauch, als ich mich noch ein letztes Mal umdrehe und winke.

Es ist Donnerstag und ich durchquere gerade den Vorgarten des Paares, das ich vor gut drei Wochen mit der Kamera begleitet habe. Yuri und Lars, die soeben hinter mir ihre Haustür schließen, haben heute einen USB-Stick mit den Fotos ihrer Hochzeitsfeier bekommen.

Abzüglich ein paar aussortierter Schnappschüsse sind es noch um die siebenhundert Bilder gewesen. Unter ihnen hatten sich die beiden bereits zwanzig Favoriten ausgesucht, die ich ihnen auf hochwertiges Fotopapier gedruckt und in ein Album gepackt habe.

Das gehört bei mir zum Rundum-Sorglos-Paket und kommt bei meiner Kundschaft immer gut an. Nur dass ich dieses Paket normalerweise nicht persönlich zustelle.

Heute hat es sich ausnahmsweise einmal angeboten.

Am Morgen hat mich Tomme mit nach Buchingen genommen und beim Co-Working-Space in der Nähe des Stadtparks abgesetzt. Ich habe den ganzen Vormittag in den anmietbaren Büroräumen verbracht. Dort gibt es schnelleres Internet als in der Wohnung meines besten Freundes, was immer praktisch ist, wenn ich Fotos bearbeite und sie anschließend den Hochzeitspaaren zur Ansicht in die Cloud hochlade.

Das kleine Reihenhaus von Yuri und Lars ist nur einen Katzensprung von dem Gemeinschaftsbüro entfernt, also habe ich zur Mittagspause meine Sachen zusammengepackt und einen kleinen Spaziergang unternommen. Trotz der sich langsam zuspitzenden Sommerhitze ist so ein kurzer Abstecher nach draußen eine nette Abwechslung zu den Stunden am Schreibtisch.

Und irgendwie ist es auch lohnend, persönlich dabei zu sein, wenn meine Kunden zum ersten Mal ihre Fotos in den Händen halten. Yuri hatte beim Durchblättern des Albums richtige Freudentränen in den Augen.

Manchmal, aber wirklich nur manchmal, gefällt mir das mit der Familienfotografie doch ganz gut.

Während ich das Gartentor hinter mir schließe, ist meine Laune genauso sonnig wie der Himmel über mir. Ich schultere meine Laptoptasche und überlege, ob ich den Rest des Nachmittags vielleicht in einem Café oder im Schatten eines großen Baumes arbeite.

Lächelnd schlage ich den Weg in Richtung Parkanlagen ein, als ich plötzlich meinen Namen höre.

„Fiona?", erklingt eine warme, raue Stimme hinter mir.

Irgendetwas an ihrem Klang kommt mir bekannt vor. Ich drehe mich herum.

„Oh!" Den jungen Mann im schicken Anzug hätte ich in dieser familienfreundlichen Wohngegend ehrlicherweise nicht erwartet. „Hallo Adrian!"

„Hey! Wie geht's?" Er nimmt die Sonnenbrille ab und kommt mit ausgestrecktem Arm auf mich zu. „Gut, dich zu sehen! Ich wollte dich schon längst anrufen."

Er ergreift meine Hand und schüttelt sie, kaum dass ich sie zum Gruß gehoben habe. „Wir hatten doch über die Kampagne für den *Style Store* gesprochen."

„Der *Style Store* ... Richtig." Ich tue so, als hätte ich das Angebot völlig vergessen, obwohl es mir wochenlang im Kopf umhergeschwirrt ist.

Ich hatte so darauf gehofft, dass aus dieser Werbekampagne ein Job für mich wird. Ich hatte sogar schon ein geeignetes Studio für das Mode-Shooting ausfindig gemacht und angefragt.

„Sorry, dass sich das so ein wenig im Sand verlaufen hat." Adrian lässt meine Hand los und fährt sich durchs dunkle Haar. „Die Entwicklung des Creative Concepts war dann doch eine kleine Challenge für den Customer."

Ich bin überfordert von seinem ganzen Denglisch, aber ich versuche mich an einem höflichen Lächeln.

Der freundliche Zug, um den sich mein Mund bemüht, wankt jedoch etwas.

Die ganze Situation ist mir irgendwie unangenehm.

Ich wünschte, Adrian würde nicht versuchen, mir zu erklären, warum es nicht geklappt hat.

Hart genug, dass ich mir so lange Hoffnungen gemacht hatte. Jetzt noch zu erfahren, warum ich nicht den Ansprüchen seines Kunden entspreche, ist einfach frustrierend.

Und dabei habe ich gerade so einen schönen Motivationsschub nach dem erfolgreichen Abschluss des Auftrags für Lars und Yuri ...

„Wir mussten noch einmal eine ganz andere Richtung einschlagen", fährt Adrian jetzt fort. Sein Ton und seine Mimik sind selbstsicher, charmant und so einnehmend, dass ich an seinen Lippen hänge, obwohl ich gerade lieber über alles andere als diese verpasste Chance reden würde.

„Die Kampagne wird jetzt völlig neu aufgezogen. Fresh, verstehst du? Und gleichzeitig back to the roots … Wir suchen aber nach wie vor jemanden fürs Shooting. Wärst du interessiert?"

Ich blinzele.

Das *Macht nichts, Schon gut, Kann nicht immer klappen* und *Trotzdem danke,* das ich nonchalant auf seine Ausführungen erwidern wollte, liegt mir auf der Zunge. Aber … Moment …

Was hat er gerade gesagt?

Habe ich eben richtig gehört?

„W-Wie?", stammele ich gar nicht nonchalant.

Adrians grüne Augen flackern amüsiert auf. „Wir wollen den Shoot noch immer machen. Aber wir haben uns gegen ein normales Studio-Projekt entschieden." Er schaut kurz auf sein Handgelenk. Eine mit Sicherheit sündhaft teure Smartwatch umschließt seine sonnengebräunte Haut. „Die Fotos sollen draußen entstehen", spricht er dann weiter. „Fashion meets Nature, verstehst du? Direkt ein Statement für mehr Regionalität und Sustainability."

Ich nicke langsam.

Vor meinem inneren Auge setzt sich ein Bild zusammen. Ich sehe schon erste Kulissen, Pflanzen, Materialien, Posen – und bremse mich, bevor meine Fantasie mit mir durchgeht.

„Ihr …" Ich räuspere mich. „Ihr habt noch keinen Fotografen oder eine Fotografin?"

„Nein. Wir haben gerade erst die Models gecastet, und jetzt …" Adrian fährt sich über das glatt rasierte Kinn. „Wie gesagt, ich dachte an dich." Er grinst und wirkt dabei beinahe einen Hauch verlegen. „Du hast doch schon draußen fotografiert, oder?"

„Drau… äh, klar!" Ich nicke eifrig.

„Ich habe erst letztes Wochenende eine Hochzeit im Freien begleitet. Wir waren im Blauregen-Pavillon und im Rosengarten ...", beeile ich mich zu sagen.

„Perfekt!", freut sich Adrian. „Genau da wollen wir hin! Die erste Fotoserie ist für die Festtagsgarderobe und wir dachten an so einen Bridgerton-Vibe." Er holt sein Handy raus, während er weiterredet. „Und dann noch ein paar Takes in der Blumenwiese und im Erdbeerfeld für die Casual Collection. Für die Bademode haben wir im Hotel Lindenhof das Außengelände am Natur-Pool ..." Er tippt etwas auf dem Display. „Ich sag dir was ..." Er schaut von seinem Smartphone auf und da ist wieder so ein Funkeln in seinem Blick. „Ich bin gerade unterwegs, um die letzten Locations abzuchecken. Willst du mitkommen?" Adrian deutet auf den schwarzen, sportlich aussehenden Wagen, der hinter ihm am Straßenrand geparkt ist.

„Ich ..." Ich bin so überrumpelt, dass ich die Worte nicht finde. Aber was könnte ich anderes sagen als *Ja*?

Der *Style Store* ist ein riesiges Mode-Outletcenter ungefähr zehn Kilometer vor der Stadtgrenze von Buchingen, mit noch drei weiteren Niederlassungen in der Region.

Für diesen Kunden zu fotografieren, wäre eine richtig große Sache. Eine richtig große Kampagne.

Die Pläne, die Adrian vor mir ausgebreitet hat, klingen grandios. Mode-Shootings an verschiedenen Orten mit professionellen Models ...

Es ist genau das Angebot, auf das ich gewartet habe.

„Ja!", platzt es aus mir heraus. „Bin dabei!"

„Yeah!" Adrians Lächeln wird noch breiter. „Dann spring rein."

Er läuft zum Auto und hält mir die Beifahrertür auf.

Ich hole tief Luft, streiche noch kurz mein Kleid glatt und rücke den Riemen meiner Laptoptasche zurecht, dann laufe ich auf ihn zu.

„Danke", sage ich und setze mich so elegant ich kann in den lederbezogenen Sitz.

Adrian zwinkert nur, dann schließt er die Tür und umrundet den Wagen. Bis er neben mir sitzt, habe ich kurz Gelegenheit, mich im Auto umzusehen. Alles an der Innenausstattung schreit *exklusiv*. Bei der Werbeagentur, für die er arbeitet, muss man richtig gut verdienen.

„Wir fahren kurz raus zu so einem Bio-Bauernhof bei Fichtingen", informiert mich Adrian, als er hinter dem Steuer Platz nimmt. „Hast du genug Zeit für einen Ausflug aufs Land?" Er gibt etwas auf dem riesigen Touchscreen in der Mittelkonsole ein.

Aufs Land. Fichtingen ist für Adrian ländlich.

Ich unterdrücke ein belustigtes Schnauben und nicke. „Ich habe heute nichts Großes mehr geplant."

Ich könnte zwar weiter Fotos bearbeiten, aber nachdem ich mich heute schon durch hunderte Bilder vom letzten Wochenende geklickt habe, ist gegen einen Nachmittag auf Locationsuche nichts einzuwenden. Morgen kann ich mich wieder stundenlang vor den Bildschirm klemmen.

„Ich muss nur noch kurz jemandem Bescheid sagen, dass sich mein Feierabend vielleicht verschiebt." Ich krame mein Handy aus meiner Laptoptasche. „Ich werde eigentlich abgeholt."

Adrian mustert mich mit einem interessierten Blick. „Von deinem Freund?"

Ich erröte, aber hoffentlich nicht so sehr, dass es ihm auffällt. „Von ... ähm ... meinem Mitbewohner."

Irgendwie möchte ich gerade nicht zugeben, dass ich mich erstens vor Kurzem getrennt habe und zweitens gerade keine eigenen vier Wände habe und deswegen bei meinem besten Freund schlafe.

Ich hoffe, das Universum verzeiht mir die kleine Lüge.

„Ah, cool, macht ihr Carsharing?" Adrian startet seinen Wagen.

„Nein." Dieses Mal bleibe ich bei der Wahrheit. „Es ist sein Auto." Ich tippe eine kurze Nachricht an Tomme und lasse ihn wissen, dass es bei mir später wird und ich irgendwie anders zurück zu seiner Wohnung komme.

„Verstehe." Adrian sieht kurz zu mir, dann setzt er den Blinker und fährt auf die Straße. „Ich sollte dich zu den Shootings wohl auch mitnehmen, wenn du keinen eigenen fahrbaren Untersatz hast."

„Ich … ähm … Ich möchte keine Umstände machen." Unsicher spiele ich am Stoff meines Kleides herum.

Früher hatte ich mir für Fototermine oft Peters Wagen geliehen, weil er den am Wochenende sowieso nicht brauchte. Aktuell setzt mich meistens Tomme dort ab, wo geheiratet wird, und ich finde nach Feierabend selbst meinen Weg zurück. Oft nehme ich nach getaner Arbeit den Bus zum Blumenladen oder direkt zu Tommes Wohnung.

Aber ich habe das Gefühl, dass mich die Stadtbusse von Buchingen oder Fichtingen nicht zu den Orten bringen oder abholen können, wo wir für den *Style Store* fotografieren …

„Mach dir keinen Kopf, Fiona." Adrian reißt mich aus meiner Grübelei. „Ich spiele gern deinen Chauffeur."

Er grinst mich an und für einen Moment klingt seine Stimme beinahe verführerisch. Bevor ich weiter darüber nachdenken kann, geht er jedoch wieder zu einem geschäftsmäßigen Ton über. „Außerdem bin ich als Key Account Manager ohnehin bei jedem Termin dabei."

„Ah, ach so." Ich realisiere, dass ich hier gerade völliges Neuland betrete. In Adrians Welt geht es nicht um Termine mit Privatpersonen so wie bei meinen bisherigen Fotoaufträgen. Es geht um Großkunden mit wahrscheinlich ebenso großen Erwartungen und Budgets.

„Ist das mit dem *Style Store* ..." Ich frage nach, obwohl ich glaube, die Antwort schon zu kennen. „Ist das eigentlich ein sehr großer Kundenauftrag für dich?"

Adrian lächelt. „Fiona, wenn das alles so klappt wie geplant, dann ist das der Auftrag des Jahres für mich." Er schaut zu mir rüber. „Und ich wette für dich auch. Warte mal ab, bis du den Papierkram siehst."

Den Papierkram. Mit anderen Worten: mein Honorar.

Ich schlucke. Plötzlich spüre ich so eine Aufregung. Sie sprudelt förmlich in mir empor und ich bin mir nicht sicher, ob es die gute Art von Aufregung ist.

„Das klingt toll", krächze ich und es klingt richtig jämmerlich.

Adrian scheint meinen Tonfall nicht wahrzunehmen – oder er entscheidet sich bewusst, ihn zu übergehen.

„Glaub mir." Er fährt sich durchs Haar, sein Blick folgt konzentriert dem Verkehr. „Das *wird* toll!"

7 – ... dann das Vergnügen

Das Auto ist nicht für den Feldweg gemacht, den wir entlangschleichen. Der Sportwagen liegt viel zu tief und wir können beide mehrfach hören, wie der Unterboden aufsetzt oder ein Stein daran entlangschabt.

Adrian bleit tapfer – oder gibt es zumindest vor.

Mir entgeht nicht, wie seine Augenbrauen zunehmend enger zusammenrücken oder wie sich seine Nasenflügel blähen, wann immer ein verdächtiges Geräusch erklingt.

„Gleich sind wir da", sagt er und lächelt ein wenig gequält.

Ich nicke und frage mich, ob er es zu mir, dem Wagen oder sich selbst sagt. Irgendeinen von uns dreien möchte er wohl beruhigen.

Ich schaue weiter nach draußen auf die Erdbeerfelder. Die Pflanzen stehen dicht aneinandergereiht. Manche einfach unter dem freien Himmel, andere unter langen, niedrigen Folientunneln. Hier und da sieht man kleine, rote Früchte hervorblitzen. Nach einigen Metern kommt der Hof in Sicht. Ein weiß gestrichenes, einstöckiges Wohnhaus duckt sich in eine kleine Senke zwischen den Ackern. Es wird von einer großen, rot gestrichenen Scheune, die direkt dahinter erbaut wurde, überragt.

„Endlich", murmelt Adrian und steuert sein Auto in die deutlich ebenere Einfahrt. Er beugt sich ein wenig übers Lenkrad und schaut suchend durch die Fenster. „Irgendwo muss hier ein kleiner Hofladen sein, da sollen wir uns melden ..."

Wir passieren das Wohnhaus ohne irgendein Anzeichen einer Ladenfront und ich befürchte schon, dass wir auf dem falschen Bauernhof gelandet sind, da springt mir etwas ins Auge.

„Könnte es da hinten sein?" Ein paar Meter vor uns ist ein hölzernes Schild an die Front der Scheune genagelt. Darunter steht eine Tür offen.

„Das schauen wir uns an, würde ich sagen." Adrian fährt auf das Nebengebäude zu und parkt den Wagen. „Da bin ich jetzt mal gespannt."

Er seufzt und setzt seine Sonnenbrille wieder auf, ehe er sich abschnallt und aussteigt. Auch ich öffne meinen Gurt und hebe meine Laptoptasche aus dem Fußraum.

Bis ich bereit zum Aufstehen bin, hält mir Adrian schon die Beifahrertür auf.

„Oh, ähm, danke." Ich steige etwas umständlich aus dem Wagen. Es sind ein paar ziemliche Verrenkungen nötig, damit mein Kleid nicht verrutscht und ungewollt meine Unterwäsche zur Schau stellt, während ich mich mitsamt meiner Tasche aus dem Sitz hieve.

Warum kaufen Leute überhaupt so tief liegende Autos?

Sie sind völlig unpraktisch im Gelände und noch viel unpraktischer beim Ein- und Aussteigen!

Adrians leicht amüsierter Ausdruck verrät mir, dass er meinen Struggle bemerkt. „Brauchst du Hilfe?"

„Geht schon", brumme ich und stehe endlich auf meinen Füßen. Kies knirscht unter meinen Sohlen.

Adrian zuckt mit den Schultern und gibt der Autotür einen kleinen Schubs.

Der Wagen verriegelt sich mit einem leisen Klicken.

Ich betrachte ihn noch kurz, wie er da so steht. Hier mitten auf dem Bauernhof wirkt der Sportwagen wirklich deplatziert. Er glänzt wie ein exotisches Insekt in der Sonne.

„Also wir treffen heute Dirk Weber", fängt Adrian an zu erklären und setzt sich in Bewegung. „Ihm gehört der Hof und wir klären mit ihm, welche Flächen er uns für die Shoots zur Verfügung stellen kann, wie das alles in unsere Timeline passt und so weiter."

Ich nicke. Aber während wir uns der offen stehenden Scheunentür nähern, fällt mir siedend heiß ein, dass ich gar nicht gefragt habe, für welchen Zeitraum die Foto-Shootings eigentlich angesetzt sind. Vorhin war ich einfach auf Adrians Angebot angesprungen, ohne lange nachzudenken. Jetzt hoffe ich gerade inständig, dass die Termine unter der Woche stattfinden und nicht am Wochenende, wo es mit einer Hochzeit kollidieren könnte.

Nervosität steigt in mir auf. Vielleicht ist auch ein wenig Panik dabei. Ich beschließe, mich vorsichtig voranzutasten. „Welche Termine peilt ihr denn bisher an?"

Adrian scheint es nicht komisch vorzukommen, dass wir erst jetzt über den zeitlichen Rahmen sprechen. „So sechsundzwanzigste und siebenundzwanzigste KW."

Ich gehöre nicht zu den Menschen, die in Kalenderwochen denken und schaue ihn nur verständnislos an.

Er fängt meinen Blick auf.

„Zwischen dem vierundzwanzigsten Juni und dem fünften Juli", fügt er hinzu. „Genauer können wir es erst festlegen, wenn wir feste Termine mit allen Locations haben und wissen, wie das Wetter wird."

„Okay, ergibt Sinn", murmele ich.

„Bist du in dem Zeitraum ... flexibel?", fragt er jetzt mich.

Ich nicke. „Ich begleite eine Hochzeit am neunundzwanzigsten, am Samstagabend. Aber ansonsten ..." Ich überlege kurz, bleibe aber dabei, dass mir kein anderer Termin einfällt. „Ansonsten bin ich flexibel."

„Sehr schön." Adrian scheint zufrieden. „Dann sollte ja alles klappen."

Er lässt mir den Vortritt und ich will gerade durch die Scheunentür gehen, als ich etwas Großes und Schwarzes auf mich zu hechten sehe. Instinktiv mache ich einen Satz zurück, finde mich aber trotzdem im nächsten Moment auf dem staubigen Boden wieder – mit einem pelzigen Ungetüm auf mir drauf.

„Nero! Nero, *aus*!", ruft eine mir unbekannte Stimme. „Wirst du wohl ... Stopp! *Aus* hab ich gesagt!"

Eine raue, sehr nasse Zunge schleckt mir über die Wange und der schwarze Hund auf meinem Brustkorb hechelt mir begeistert seinen etwas strengen Atem ins Gesicht.

Ich würde ihn gern von mir herunterschieben, aber das Tier ist tatsächlich zu groß und zu schwer, als dass ich etwas ausrichten könnte. Ich liege da wie ein Käfer, der auf den Rücken geplumpst ist und nicht mehr hochkommt.

„Böser Junge!" Jemand zerrt den Vierbeiner von mir herunter. „So nicht, Nero! So nicht!"

Ein schuldbewusstes Wimmern – oder vielleicht auch eher ein Laut des Bedauerns, weil er nicht weiter mein Gesicht ablecken darf – entschlüpft Nero.

„Geht's bei Ihnen?" Der Mann, der den Hund am Halsband hält, mustert mich. „Sind Sie mit dem Kopf aufgeschlagen?"

„Nein, ich denke, es ist alles in Ordnung ..." Ich setze mich auf und verbleibe kurz in der Position, um sicherzugehen, dass meine Aussage auch stimmt.

Mein Hintern schmerzt und bei dem Versuch, meinen Sturz abzufangen, habe ich mir die Ellenbogen aufgeschürft, aber sonst spüre ich nichts. Ich rappele mich auf, mithilfe von Adrian, der schnell an meiner Seite ist.

„Wirklich alles okay, Fiona?" Er hilft mir auf die Beine.

„Ja, ja, alles gut." Ich klopfe mir den Staub vom Kleid. „Das, ähm, das war ja eine überschwängliche Begrüßung."

„Entschuldigung, er ist noch ziemlich jung und wild." Nero wird von seinem Besitzer mit einem strengen Blick bedacht. „Er meint's nicht so. Er ist noch ein halber Welpe."

Ich lache auf und schaue etwas skeptisch zwischen Hund und Herrchen hin und her. Nero reicht dem Mann fast bis zur Hüfte. Wenn er noch nicht einmal ausgewachsen ist, wie groß wird dieses Tier dann noch?

„Ich bin Dirk Weber", stellt sich der Hundehalter jetzt vor. „Sie sind von der Werbeagentur?" Er wischt sich die freie Hand an seiner blauen Latzhose ab und hält sie mir hin.

„Ich, ähm, bin die Fotografin." Ich strecke ihm ebenfalls die Hand entgegen. „Fiona Jovic."

Er runzelt die faltige Stirn. „Jovic?" Ein kleines Lächeln teilt seinen ergrauten Bart. „Sie haben nicht zufällig etwas mit Gregor Jovic zu tun?"

Ich schlucke. Damit hatte ich jetzt nicht gerechnet. „Er, ähm, ist mein Vater."

Herr Weber strahlt. „Solider Mann! Er hat mich mal bei so einer Nachlasssache beraten. Ein richtig anständiger Anwalt ist das, nicht so ein Rechtsverdreher!"

„Ja ..." Ich weiß beim besten Willen nicht, was ich dazu sonst noch sagen soll.

Mir ist sehr bewusst, dass mein Vater gute Arbeit leistet und seine Kanzlei ein hohes Ansehen in Fichtingen genießt. Das ändert nur leider nichts an unserer schwierigen Beziehung zueinander.

Adrian füllt die unangenehme Stille, bevor sie sich in unserer Dreierrunde ausbreiten kann. „Ich bin Adrian Hauffner, der Creative Director. Wir hatten telefoniert."

Er reicht Herrn Weber die Hand.

Der Bio-Bauer schüttelt sie kräftig. „Herr Hauffner, richtig! Na, dann kommen sie mal mit." Er bedeutet uns, ihm durch die Tür in die Scheune zu folgen.

Drinnen ist es überraschend kühl und hell. Ein Ventilator brummt irgendwo und durch ein paar hoch angesetzte Fenster auf der linken Seite flutet Tageslicht herein. Rechts trennt eine hohe Backsteinmauer den Ladenbereich von der restlichen Scheune. Kistenweise Erdbeeren stapeln sich in der Auslage, nebst Marmeladen, Likören und anderen Köstlichkeiten aus den Früchten. Spargel und weiteres saisonales Gemüse kann ich in den halbhohen Regalreihen auch entdecken. Ich muss unwillkürlich an den Apfelhof der Jansens denken. Auch Tommes Familie hat so ein kleines Geschäft auf ihrem Gelände eingerichtet. Ob er am Ende des Sommers wirklich mit mir dorthin fahren wird?

„Wir haben hinten raus eine Terrasse; da können wir uns hinsetzen und alles besprechen", erklärt Herr Weber gerade Adrian.

Nero trottet den beiden friedlich hinterher, wirft aber kurz einen Blick zurück, um zu sehen, ob ich ihnen auch folge.

Bevor wir den Hofladen durchquert haben, kommen wir an einer kleinen Verkaufstheke vorbei, auf der ein saftig aussehender Erdbeerkuchen unter einer Glasglocke steht.

Mir läuft das Wasser im Mund zusammen und erinnert mich daran, dass ich meine Mittagspause heute zwar für einen Spaziergang, aber nicht für eine Mahlzeit genutzt habe.

„Soll ich Ihnen ein Stück abschneiden?" Ich habe nicht gemerkt, dass Herr Weber und Adrian stehen geblieben sind. Jetzt mustert mich der Erdbeerbauer grinsend.

Ich schaue ertappt zu meinen Füßen. Es ist mir dermaßen peinlich, dass unser Gastgeber meinen gierigen Blick bemerkt hat. Ich würde am liebsten im Boden versinken.

„Das ist nett, aber wirklich nicht nötig", lehne ich höflich ab. Ich ringe um Haltung.

Was muss nur Adrian von mir denken? Ich traue mich gar nicht, in seine Richtung zu sehen. In seinem Job ist er bestimmt mehr Professionalität gewohnt.

„Nachdem Nero Sie über den Haufen gerannt hat, ist das definitiv nötig." Herr Weber läuft auf mich zu und biegt dann hinter den Tresen ab. „Außerdem ..." Er holt aus einem versteckten Schrank drei Teller und ein breites Messer hervor. „Dieses ganze Gerede von wegen *Erst die Arbeit, dann das Vergnügen* habe ich schon immer für Unsinn gehalten." In seinem Blick liegt etwas Verschmitztes. „Wir können alle ein Stück vertragen, dann werden wir uns sicher schneller einig."

Adrian lacht und gesellt sich neben mich. Während wir beide dabei zusehen, wie Herr Weber den Kuchen portioniert und sogar noch jedem einen Pott Kaffee einschenkt, beugt er sich zu mir hinunter.

„Ich glaube, ich sollte dich jetzt immer zu meinen Terminen mitnehmen", flüstert er nah an meinem Ohr.

8 – Wiederholungen

Als wir später wieder im Auto sitzen, bebt Adrian vor Lachen.

„Oh Mann, der Kerl ist unbelieveable!", prustet er und klopft auf das Lenkrad. „Seine Influencer-Abwehr-Maß-nahmen ... Wenn ich das in der Agentur erzähle, werden alle brüllen."

Ich kann auch kaum an mir halten. „Das mit dem Lautsprecher in der Vogelscheuche ... dass er da so ein Zombieröcheln abgespielt hat, um die Leute beim Selfies-machen zu erschrecken." Mir stehen Tränen in den Augen. „Oder dass er Nero mit einem Laken durchs Feld hat rennen lassen. Als Geisterhund!"

Ich beuge mich nach vorn und halte mir den Bauch.

Dirk Weber hatte sich als ziemlich lustiger Geselle herausgestellt. Während wir mit ihm über die richtige Kulisse für die Fotostrecke gesprochen haben, hat er uns erzählt, dass er neben den Erdbeeren unter anderem auch Sonnenblumen anbaut.

Die schönen gelben Blüten, die hier in der Umgebung an Rad- und Fußgängerwege grenzen, sind zu seinem Leidwesen aber auch sehr beliebt für Fotos. Passanten, die einen Instagram-würdigen Schnappschuss inmitten der Blumen machen wollen, aber auch professionelle Fotografinnen und

61

Fotografen, sind ihm immer wieder ohne Erlaubnis durchs Feld getrampelt. Irgendwann hatte er die Nase voll davon und ist kreativ beim Verschrecken der Leute geworden.

Seine besten Streiche hat er Adrian und mir heute Nachmittag nebst Kaffee und Kuchen noch aufgetischt. Bis die Schatten länger wurden, hatten wir auf der Terrasse hinter dem Hofladen gesessen und seinen Eskapaden gelauscht.

„Es tut mir ja schon leid, dass wir wahrscheinlich auch seine Pflanzen in Mitleidenschaft ziehen werden, wenn wir da mit den Models und dem ganzen Equipment aufkreuzen", sage ich, als ich mich halbwegs von meinem Lachflash erholt habe.

„Ach, was!" Adrian winkt ab. „Dafür kriegt er ja die Entschädigung."

„Stimmt auch wieder", murmele ich und schaue durchs Fenster.

Am Horizont beginnt der Abendhimmel schon sich rosa zu färben. Es war wirklich spät geworden.

„Danke, dass ich dabei sein durfte", sage ich und wende mich wieder Adrian zu. „Bei dem Termin, meine ich."

Seine Augen flackern zu mir. „Danke, dass du mitgekommen bist. Ich finde es cool, dich bei diesem Projekt mit an Bord zu haben." Das Lächeln, das er mir schenkt, verursacht bei mir ein zaghaftes Kribbeln.

„Ich, ähm, ich freue mich echt drauf", sage ich und meine es auch so. Es ist lange her, dass ich einem Foto-Job so entgegengefiebert habe. Es juckt mich schon in den Fingern, endlich die Kamera in die Hand zu nehmen und loszulegen.

„Wir sollten uns bald wiedersehen", meint Adrian, als er an einer Kreuzung den Blinker setzt. „Um den Papierkram zu erledigen."

„Richtig." Für einen Moment dachte ich, er würde von einer anderen Art von Treffen sprechen. Aber natürlich geht es hier ums Business.

„Passt es morgen bei dir?", hakt er direkt nach.

„Morgen ..." Ich überlege kurz. Ich wollte auf jeden Fall morgen die Bilder nachbearbeiten, die ich heute nicht mehr geschafft habe. Und am Nachmittag habe ich Wiebke schon einen kleinen Stadtbummel zugesagt, bevor es abends mit Tomme und Hung in den *Starlight Club* geht. „Ich glaube, das könnte eng werden. Ich bin schon verabredet."

„Schon verabredet ..." Adrian beißt sich grinsend auf die Unterlippe. „Fiona, die Frau mit den vielen Verabredungen."

Ich erröte, auch wenn ich nicht so recht weiß warum.

„Montag würde gehen ... Vielleicht so um elf?", schlage ich vor.

„Gut." Adrian zwinkert mir zu. „Dann haben wir ein Date."

Meine Wangen färben sich dunkler, ich spüre es. Schnell schaue ich wieder aus dem Fenster, richte meinen Blick auf das Ortsschild, das wir gerade passieren, und hoffe, dass der rote Schein der untergehenden Sonne meine glühende Visage kaschiert. Ich muss mich wirklich noch an Adrians charmante Art gewöhnen.

„Soll ich dich dann hier an deiner WG abholen?", will Adrian wissen, bevor er in Tommes Straße einbiegt.

„Nein!", platzt es aus mir heraus. „Nein, ich bin am Montag wahrscheinlich wieder im Co-Working-Space in Buchingen. Der in dem Altbau direkt am Stadtpark?"

„Ah, okay, den kenne ich ... Perfekt." Adrian drosselt die Geschwindigkeit und hält nach einer Lücke am Straßenrand Ausschau, wo er anhalten kann. „Dann komme ich direkt dorthin."

„Okay." Ich atme erleichtert auf.

Die Vorstellung, dass er bei Tomme vorfahren und klingeln könnte, war mir echt unangenehm.

Adrian muss wirklich nicht wissen, dass die Frau, die er gerade für seinen wichtigsten Kunden engagiert hat, zurzeit Couchsurfing macht.

„Also dann ..." Er rangiert sich mühelos in eine Parklücke direkt vor Tommes Mietshaus. „Es war sehr cool heute mit dir und ich freue mich aufs nächste Mal!"

Ich nicke und fische meine Tasche aus dem Fußraum. „Gleichfalls. Dann bis Montag!"

„Bis Montag, Fiona." Adrian fährt sich lässig durchs Haar.

Ich steige aus, bevor meine Hormone mir wieder einreden, diese Verabschiedung wäre etwas, das sie nicht ist. Mit einem kurzen Winken schließe ich die Beifahrertür und laufe zur Treppe. Ich habe schon die Hälfte der Stufen erklommen, als Adrian mir noch etwas hinterherruft.

„Fiona!"

Ich wirbele herum. „Ja?"

Er lehnt am Dach seines Wagens. „Sorry wegen der Sache mit deinen Ellenbogen." Ein entschuldigendes Lächeln breitet sich auf seinem Gesicht aus. „Das nächste Mal passe ich besser auf dich auf!"

Ich streiche über meine aufgeschürften Unterarme. „Ist halb so wild", nuschele ich verlegen.

Adrian schüttelt den dunklen Schopf. „Ich habe ein Auge auf dich bei diesem Projekt." Er steigt wieder in seinen Wagen ein. „Versprochen!"

Der Motor erwacht schnurrend zum Leben, dann fährt der glänzende, schwarze Wagen davon – und ich stehe völlig verdattert auf der Treppe. Was war denn das gerade?

„Wer war denn der Lackaffe?", erklingt es verächtlich hinter mir.

Ich springe fast aus meiner Haut. „Tomme?"

„Hi." Er lehnt nur scheinbar lässig in der offen stehenden Haustür. Die Arme hat er vor der Brust verschränkt und sein Blick ist ziemlich verstimmt.

„Hey", begrüße ich ihn und erklimme die letzten Stufen. „Sorry, dass es so spät geworden ist. Danke, dass du direkt an die Tür gekommen bist." Ich habe keinen Ersatzschlüssel für Tommes Wohnung; den verwahrt Wiebke für Notfälle.

„Warst du bei einem Date?", will er wissen, als ich mich an ihm vorbei durch die Tür schiebe.

„Was?" Ich vermeide es, ihn anzusehen. Adrians verwirrend kokette Art brennt mir noch unter der Haut. „Nein, das war was Geschäftliches."

„Was Geschäftliches?" Ich kann den Zweifel in seiner Stimme hören, als er die Eingangstüre zufallen lässt und hinter mir auf die Fußmatte tritt.

„Ja!" Ich betrete die Wohnung. „Das war Adrian."

„Adrian?"

„Von der Agentur."

„Von der Agentur?"

Ich schließe die Augen und atme tief durch. „Du hast mich doch erst vor ein paar Tagen gefragt, was aus dieser Werbekampagne geworden ist, erinnerst du dich?" Ich bücke mich, um meine Schuhe auszuziehen. „Also: Es ist etwas daraus geworden! Ich bin heute zufällig Adrian über den Weg gelaufen …"

„Über den Weg gelaufen?"

„Ja!" Langsam zerrt diese Unterhaltung an meinen Nerven. „Jetzt hör doch einfach zu und plappere mir nicht alles nach!", fahre ich ihn an.

„Woah!" Tomme hebt abwehrend beide Hände, als ich ihn mit meinem verärgerten Blick treffe. „Ist es so schlecht gelaufen?"

Ich runzele die Stirn. „Was?"

Tomme sieht mich an, als wäre ich schwer von Begriff. „Na, dein Date!"

„Es. War. Kein. Date", presse ich hervor. „Ich habe Adrian zufällig getroffen, wir haben über die Kampagne gesprochen und er hat mich eingeladen, ihn zu einer Location-besichtigung zu begleiten."

„Er hat dich eingeladen?"

„Ja."

„Und ihr wart bis jetzt unterwegs?"

„Ja."

Tomme schüttelt den Kopf und marschiert in Richtung Wohnküche. „Okay, wie auch immer."

„Tomme!" Ich schlüpfe in meine Pantoffeln und stapfe ihm hinterher. „Was ist denn los?"

„Was soll los sein?" Als ich in die Küche trete, steht er an der Spüle, die Hände in die Seiten gestemmt.

„Warum bist du so schlecht drauf?", frage ich und verschränke die Arme.

„Ich bin nicht schlecht drauf", behauptet er viel zu bockig, um tatsächlich nicht schlecht drauf zu sein. „Es ist nur spät und ich wusste nicht, wann du nach Hause kommst, und dann fährt dieser Adam ..."

„Er heißt Adrian", unterbreche ausnahmsweise ich ihn.

„Ist mir egal, wie der Typ heißt. Jedenfalls fährt der hier vor mit seinem Bonzenmobil und ..." Tommes Blick bleibt an etwas hängen und er stürmt auf mich zu. „Was ist das?"

Er umfasst meinen Ellenbogen, die braunen Augen weit aufgerissen.

„Ich ..." Ich versuche, sachte seine Hand wegzuschieben. „Ich bin hingefallen. Auf Schotter. Es ist nichts weiter."

„Nichts weiter?" Sein Griff wird etwas fester und er zieht hörbar Luft ein. „Fio, das ... Wie ist das passiert?"

„Ein Hund hat mich angesprungen." Ich zwinge mich, ihm in die Augen zu sehen, in der Hoffnung, dass er aufhört, so einen Aufstand wegen nichts zu machen.

Er runzelt die Stirn. „Ein Hund?"

„Musst du wirklich alles wiederholen, was ich sage?", frage ich und verdrehe die Augen.

„Was für ein Hund war das bitte?" Tomme ist noch immer nicht überzeugt.

„Ein ziemlich großer", gebe ich schnippisch zurück.

Er lässt endlich meinen Arm los und rauft sich die Haare. „Weißt du ..." Er reibt sich über das Gesicht. „Wenn du es mir nicht erzählen willst ... Fein."

„Fein?" Jetzt könnte ich mir gerade die Haare raufen. „Tomme, du hörst nicht zu! Ich habe dir gerade alles erzählt. Ich war mit Adrian bei einer Location für die Kampagne. Ein Hund hat mich angesprungen, ich bin umgefallen und auf Schotter gelandet. Jetzt habe ich davon ein paar Kratzer. Mehr gibt's nicht zu erzählen. Warum glaubst du mir das nicht?"

Er stöhnt auf. „Weil ich ..." Sein Blick sucht meinen.

Und das, was mich trifft, ist Chaos.

In seinen Augen sehe ich Ärger und Unruhe und einen ganzen Tumult an Gefühlen, die ich gar nicht alle auf einmal entziffern kann. Verwirrt versuche ich, irgendetwas in dem Strudel zu erhaschen. Ich versuche, irgendetwas von dem, was ich dort erkenne, festzuhalten.

Tomme ist doch sonst so vertraut für mich, seine Augen dieser immer klare Spiegel seiner Stimmung.

Doch im nächsten Moment schließt er sie – und mich damit aus seinen Gefühlen aus.

„Sorry, ich war ..." Er schluckt. „Ich war besorgt. Es ist spät und ich habe mir Gedanken gemacht, wo du bist und was ... was du tust."

„Tomme", flüstere ich. „Es war ..."

„Es war sicher genau so, wie du es gesagt hast." Langsam hebt er die Lider wieder, der Sturm dahinter ist nur noch ein sanfter Wind. „Tut mir leid, dass ich so ... skeptisch war. Das war bescheuert. Ich ... Ich gehe jetzt besser schlafen."

„O-Okay." Meine Stimme ist nur ein Hauchen.

Tomme nickt mir zu, als wäre alles gesagt. Dann verlässt er den Raum, durchquert den Flur und zieht seine Schlafzimmertür hinter sich zu.

Und ich stehe wieder da, zum zweiten Mal an diesem Tag in der Verwirrung, die ein Mann bei mir zurückgelassen hat.

9 – Wie früher

Am Freitag bleibe ich in der Wohnung. Mich von Tomme zum Co-Working-Space nach Buchingen fahren zu lassen, ist zu seltsam nach unserer Auseinandersetzung am vorherigen Abend. Ich verstehe noch immer nicht so richtig, was ihn so in Aufruhr versetzt hat und was bei ihm gerade los ist. Angesichts der komischen Stimmung, die auch heute Morgen noch geherrscht hat, werde ich ihn auch sicher nicht danach fragen. Abgesehen davon mache ich mich um die Mittagszeit sowieso auf den Weg zu Wiebkes Arbeitsstelle, um sie für unseren geplanten Stadtbummel abzuholen. Bis dahin arbeite ich ganz entspannt meine To-do-Liste ab.

Ich sitze im Schneidersitz auf dem Sofa, den Laptop mit dem Bildbearbeitungsprogramm vor mir auf dem Couchtisch, und schlürfe meinen Kaffee, als mein Smartphone aufleuchtet.

Auf dem Sperrbildschirm wird mir eine Nachricht von Adrian angekündigt. Lächelnd greife ich nach dem Telefon und öffne sie – nur um mich daraufhin beinahe am Kaffee zu verschlucken.

Mit den Worten *Interessante Idee fürs Shooting* hat mir Adrian ein GIF geschickt, dass eine neckisch posierende Vogelscheuche zeigt.

Ich zwinge den Schluck Kaffee hinunter und lache auf.

Habt ihr den richtigen Make-up-Artist für sowas?, schreibe ich zurück.

Klar, kommt es nach wenigen Augenblicken von Adrian, *Wir arbeiten nur mit echten Profis.*

Ich kichere in mich hinein.

Er ist schon ein witziger Typ. Irgendwie. Wenn man ihn ein wenig kennenlernt und hinter diese Fassade aus protzigem Auto, gestärkten Hemden und Manager-Gerede blickt, kann man mit ihm sicher Spaß haben.

Ich halte inne, als ich schon drauf und dran bin, die nächste Antwort zu tippen.

Möchte ich das?

Mit ihm Spaß haben?

Ob er es nun ernst meint oder nicht: Adrians Charme löst etwas in mir aus. Das habe ich gestern ganz deutlich gespürt. Es ist schmeichelhaft, dass er mit mir flirtet. Er ist vielleicht ein wenig oberflächlich, aber gleichzeitig auch wirklich attraktiv. Er lässt mich nicht kalt, auch wenn er nicht dasselbe in mir auslöst wie ... wie jemand anderes.

Ich seufze und lege das Handy beiseite.

Ich bin noch nicht bereit dafür.

Das hässliche Ende mit Peter ist erst ein paar Wochen her. Und ich weiß es besser, als noch einmal zu versuchen, was schon mit ihm nicht geklappt hat.

Entschlossen wende ich mich wieder meiner Arbeit zu. Ich bin mittlerweile einmal alle Fotos der letzten Hochzeit durchgegangen. Die missratenen Schnappschüsse habe ich aussortiert, jetzt nehme ich mir ein Bild nach dem anderen vor, versehe es mit dem Preset, das meinen Fotografien ihren ganz bestimmten Look gibt, und nehme, wo es nötig ist, individuellere Anpassungen vor.

Ein paar Bilder sind schon meine heimlichen Favoriten. Es sind immer die spontanen Momentaufnahmen, die gestohlenen Augenblicke, die ich später den Brautpaaren für ihr Album ans Herz lege.

Ich arbeite zügig und konzentriert weiter, bis sich mein Smartphone erneut meldet. Dieses Mal mit einem hartnäckigen Vibrieren.

„Hallo, hier ist Fiona", melde ich mich. Die Nummer auf dem Display kommt mir erst einmal nicht bekannt vor.

„Hi, Fiona. Ich bin's, Hung", kommt es aus der Leitung.

Ich greife nach meiner Tasse und lehne mich auf dem Sofa zurück. „Oh, hey! Was gibt's?"

„Nichts Weltbewegendes eigentlich." Er lacht leise. „Ich wollte nur mal fragen, ob wir uns heute Abend ein Taxi nach Buchingen teilen. Tomme meinte, ich soll das mit dir klären."

Ah, daher hatte er also meine Nummer.

Ich zucke mit den Schultern und vergesse für einen Moment, dass er das ja gar nicht sehen kann.

„Klar!", sage ich schnell. „Ist eine gute Idee. Dann muss keiner fahren."

„Ja, das dachte ich mir auch. Okay, cool ..." Er zögert etwas zu sagen. Ich höre es an seinem Atem.

„Hung ..." Ich verdrehe die Augen. „Spuck's schon aus."

„Ich dachte nur gerade, dass es echt lange her ist, dass wir so etwas zusammen unternommen haben."

Es ist eine Ausrede, etwas Vorgeschobenes.

Egal wie lange es her ist, ich habe nie vergessen, wie es klingt, wenn Hung lügt.

„Ja, stimmt." Ich beschließe, es ihm durchgehen zu lassen. „Also organisierst du das Taxi? An wie viel Uhr hast du gedacht?"

„Neun?", schlägt er vor.

„Was?" Ich schnaube belustigt. „Der Hung, den ich kenne, geht nie vor Mitternacht in den Club."

Er lacht auf. „Der Hung, den du kennst, ist eben auch älter geworden." Er pausiert kurz. „Müsst ihr nicht auch morgen wieder arbeiten?"

„Bei mir geht es erst am Nachmittag los." Ich nehme einen Schluck Kaffee. „Ich kann ein wenig ausschlafen."

„Und Tomme?", hakt Hung nach.

„Tomme ..." Ich trinke wieder. „Tomme muss sehen, wie er klarkommt. Das Ganze war schließlich seine Idee."

„Wow, Fio, wann bist du so eine Tough-Love-Frau geworden?", schallt es halb lachend halb schockiert aus dem Hörer.

Ich traue mich, noch etwas dicker aufzutragen. „Aus mir ist so einiges geworden, mein Freund."

„Das glaube ich dir." Hungs Ton wird ernst. „Ich glaube, ich habe bei euch einiges verpasst. Heute Abend möchte ich alles wissen."

„Alles?" Ich schnaube. „Hast du nicht gerade noch behauptet, du wärst zu alt für lange Nächte?"

„So alt nun auch wieder nicht", relativiert er.

Ich lächele. „Gut."

Für einen Moment hängen wir beide unseren Gedanken nach.

„Ich freue mich wirklich drauf", sagt Hung dann in die Stille hinein. „Das wird wie früher."

„Wie früher", wiederhole ich und kann das Gefühl nicht abschütteln, dass das auch eine Lüge ist.

Ein paar Stunden später sitze ich mit Wiebke im Eiscafé.

„Das ist voll unfair", beschwert sie sich gerade zum dritten Mal. „Ich will auch mit, wenn ihr feiern geht!"

„Dann komm einfach mit!", wiederhole ich zum dritten Mal. „Ist doch nichts dabei!" Ich lehne mich auf meinem Plastikstuhl zurück und lasse mir die Sonne ins Gesicht scheinen.

„Aber dann fühle ich mich wie das fünfte Rad am Wagen!" Wiebke schlürft mit Nachdruck ihren Bananenshake. „Hung und Tomme haben mich schließlich nicht eingeladen."

„Aber ich habe dich eingeladen, das reicht!" Ich rücke meine Sonnenbrille zurecht. „Und jetzt reden wir mal über was anderes, ja? Ich kriege Kopfschmerzen, wenn wir noch ein viertes Mal dieselbe Diskussion führen." Die Ansage wirkt wohl, denn für einen Moment ist Wiebke still.

„Was ziehst du an?", fragt sie mich dann.

„Was?" Ich überlege kurz. „Keine Ahnung. Irgendwas."

„Du kannst nicht einfach irgendwas anziehen!", protestiert Wiebke.

Ich schaue sie verständnislos an und nippe an meinem Latte macchiato. „Warum denn nicht? Haben die jetzt eine Modekontrolle am Einlass, oder was?"

Während ich seit fast fünf Jahren nicht mehr im *Starlight* war, frequentiert Wiebke noch regelmäßig den Club. Sie ist ein großer Musikfan und geht immer hin, wenn dort irgendwelche Bands live auftreten.

„Nein, darum geht's nicht." Sie deutet mit ihrem Strohhalm auf mich. „Aber das könnte heute der Abend der Abende für dich werden."

„Welcher Abend?" Ich trinke ungerührt weiter.

„Na, der, an dem es zwischen Tomme und dir ... *ramalamadingdongt*." Sie wirft mir einen bedeutungsschweren Blick zu.

Ich lache in mich hinein.

„Ist das irgend so eine Kindergartensache?" , frage ich schmunzelnd. „Ich weiß beim besten Willen nicht, wie man *ramalamadingdongt*."

Wiebke reißt die Augen noch weiter auf. „Dooooch, das weißt du."

Ich verdrehe meinerseits die Augen hinter der Sonnenbrille, was sie hoffentlich nicht sehen kann.

„Wetten, nicht?", sage ich knapp.

„Wetten, doch?" Sie stellt ihr Milchshake-Glas mit mehr Schwung als nötig wäre zurück auf den Tisch. „Spiel hier nicht das Naivchen, Fio!"

Ich seufze. „Ich spiele nicht naiv, Wibbi." Jetzt nehme ich die getönten Gläser ab, um ihr direkt in die Augen zu sehen. „Aber es ist nicht so, wie du denkst."

Ich räuspere mich, denn es auszusprechen fällt mir tatsächlich schwer. „Tomme würde nie diese Grenze überschreiten. Er ... Er will mich nicht auf diese Weise."

Wiebke schüttelt vehement den Kopf. „Und ob er das will! Er gibt es nur nicht zu! Er ist ein ...."

„Wibbi!", unterbreche ich sie mit belegter Stimme. „Bitte hör auf damit, ja?" Meine Unterlippe bebt. „Es ist ... Es ist schwer für mich, okay? Es tut weh, dass er ... dass ich ... dass wir ... nicht dasselbe fühlen." Ich blinzele und setze schnell wieder meine Sonnenbrille auf. „Und ich ... Ich habe damit anderen wehgetan, verstehst du? Ich habe Peter ..."

„Ach, wen juckt Peter?" Sie macht eine wegwerfende Handbewegung.

„Mich!", entgegne ich energischer als gewollt. „Mich juckt es, wie es ihm geht. Er war mein Freund. Er war gut zu mir. Er war mir wichtig, verstehst du? Aber ..." Ich schniefe. „Ich konnte mit ihm nicht den nächsten Schritt gehen."

Wiebkes Augen werden riesig.

„Moment, heißt das, er hat ..." Sie senkt ihre Stimme. „Hat er dich gefragt, ob du ihn heiraten willst?"

Ich zögere kurz, dann nicke ich.

„Oh, Fio!" Sie schlägt sich die Hand vor den Mund. „Und du hast Nein gesagt? Wegen Tomme?"

Ich wische mir eine Träne von der Wange. „Wie kann ich jemandem die ewige Liebe versprechen, den ich nicht einmal jetzt mehr als jeden anderen liebe?"

Einige Herzschläge lang schweigen wir.

Ich sehe Wiebke an, dass sie das Geheimnis, das ich ihr gerade offenbart habe, erst einmal verdauen muss.

Niemandem habe ich bisher den wahren Grund für meine Trennung von Peter genannt.

Nicht einmal Peter selbst, obwohl ich mir sicher bin, dass er seine Vermutungen hatte.

Die offizielle Erklärung, also die, die ich meinem Ex und auch Sylvia – als sie sich danach erkundigt hat – gegeben habe, ist, dass es mir zu schnell ging. Ich habe vorgegeben, dass ich noch nicht bereit bin, mich zu binden.

Dabei bin ich insgeheim schon so lange, so fest an jemand gebunden, dass es mir fast das Herz abschnürt.

Ich dachte wirklich, irgendwann kommt einer, der mich im Sturm erobert und diesen Knoten endlich zum Platzen bringt. Aber anscheinend habe ich mich unauflösbar in diesen Gefühlen verheddert.

10 – Auf die Freundschaft

„Also, Fio, ich möchte jetzt nicht schon wieder irgendetwas Unsensibles sagen." Wiebke sitzt auf einem der Esstischstühle, während ich ihr die engere Auswahl für mein Club-Outfit vorführe. „Aber damit könntest du echt jeden Typen heute Abend aufreißen."

„Danke." Ich lächele verlegen und streiche über das schwarze Minikleid mit den Spaghettiträgern. Es ist der vierte Look bisher. „Ist es nicht zu ... langweilig oder so?"

„Langweilig? Auf gar keinen Fall!" Sie hebt belustigt eine Braue. „Hast du deine Figur in dem Ding gesehen?"

Sie steht auf und kommt auf mich zu.

„Du siehst mega aus!", flüstert sie, während sie mich in die Arme schließt. „Das Blöde ist nur ..." Sie löst sich wieder aus der Umarmung. „Ich werde heute Abend echt nur schmückendes Beiwerk sein. So wie du aussiehst ..." Sie schüttelt den Kopf. „Nee, das kann ich echt nicht toppen!"

Ich drücke sie kurz. Es bedeutet mir viel, dass Wiebke versucht, mich aufzuheitern.

Sie ist wirklich wie eine Schwester für mich.

„Sollen wir dann zu dir gehen?", frage ich sie. „Damit du dich fertigmachen kannst?"

„Nicht nötig!" Sie grinst mich an.

„Ich habe doch vorhin diesen süßen Wickelrock in der kleinen Boutique gekauft. Der wird direkt angezogen!" Sie greift hinter sich in ihre Handtasche und präsentiert das feuerrote Kleidungsstück. „Ich bräuchte nur vielleicht ein schwarzes Oberteil." Sie fasst an ihr grünes Leinenhemd- chen, um zu verdeutlichen, wie wenig es zu dem neuen Rock passt. „Hast du da etwas, das mir passen könnte?"

Wiebke und ich sind anderthalb Kleidergrößen aus- einander. Manchmal können wir Klamotten austauschen. Es hängt immer davon ab, wie die jeweiligen Teile ausfallen.

„Hmm … lass mich mal sehen. Ich glaube, ich habe da vielleicht wirklich was." Ich ignoriere die Kleidungsstücke, die überall auf dem Sofa verteilt liegen, und beuge mich über meine Reisetasche. „Irgendwo müsste hier noch so ein Tube- Top sein … Ha!" Ich fische das schwarze Teil heraus. „Das sollte klappen!"

Wiebke betrachtet mich kritisch. „Das kleine Ding?"

Ich nicke. „Das ist aus so einem dehnbaren Stoff, passt sich genau an deine Figur an. Das sitzt wie eine zweite Haut, glaub mir."

Sie nimmt das schlauchförmige Etwas entgegen und macht sich daran, das Oberteil zu wechseln. Während sie noch dabei ist, das Top an Ort und Stelle zu zupfen, hören wir die Wohnungstür.

„Hallo?", erklingt Tommes Stimme.

„Komm bloß nicht hier rein!", brüllt Wiebke.

„Das ist ja eine nette Begrüßung", murrt ihr Bruder.

Sie holt wieder Luft. „Wir ziehen uns hier um, du Loser!"

„Wibbi", tadele ich sie leise.

„Was denn?" Nachdem das Top sitzt, schält sie sich jetzt aus der Jeans-Shorts, die sie den Tag über getragen hat. „Der kann ruhig einen Dämpfer vertragen."

„Warum das denn?" Ich nestele an meinem Kleid herum.

Wiebkes Miene wird ernst, während sie sich in ihren neuen, roten Rock wickelt.

„Weil er dich so traurig macht." Sie sieht mich an. „Das kann ich diesem Holzpfosten nie verzeihen."

Augenblicklich brennen Tränen in meinen Augen. Ich fächere mir mit den Händen Luft zu, in der Hoffnung, dass es das Prickeln hinter meinen Lidern zurückdrängt.

Wiebke legt einen Arm um mich. „Damit du's weißt: Er ist vielleicht mein Bruder, aber wenn's hart auf hart kommt, halte ich zu dir. Du bist auch Familie."

Ich blinzele fieberhaft. „Er hat nichts falsch gemacht, Wibbi", verteidige ich Tomme. „Gefühle kann man nicht erzwingen. Außerdem ist er immer noch mein bester Freund." Ich gebe ihr ein Küsschen auf die Wange. „Aber trotzdem: danke, Kurze."

Wir liegen uns in den Armen, als Tomme in den Türrahmen tritt und zaghaft ans Holz klopft.

„Darf ich jetzt reinkommen?" Er hat eine Hand über seine Augen gelegt. „Ich hab Durst."

Wiebke seufzt theatralisch. „Na gut!"

Tomme spreizt vorsichtig die Finger und linst hindurch. „Alles verpackt?"

„Ja!" Wiebke stemmt stolz die Hände in die Seiten. „Und zwar richtig schick verpackt."

Sie vollführt eine kleine Drehung.

„Wow." Tomme nickt anerkennend. „Ihr zwei seht wirklich ..." Sein Blick wandert zu mir und er räuspert sich. „Ihr seht wirklich hübsch aus."

„Dan-ke", sagt Wiebke pointiert und ich stimme mit ein.

„Das heißt, ihr seid quasi schon bereit um die Häuser zu ziehen?", fragt Tomme.

Er tritt an die Küchenspüle, holt sich ein Glas aus dem Hängeschrank und füllt es mit Leitungswasser.

„Welche Uhrzeit habt ihr mit Hung vereinbart?" Tomme sieht mich nicht an, obwohl ich mir sicher bin, dass die Frage mehr an mich als an seine Schwester gerichtet ist.

„Neun Uhr", antworte ich. „Wir haben also noch Zeit."

Er nickt. Wieder streift mich sein Blick nur flüchtig.

„Das ist auch gut so. Du musst mir nämlich noch mit meinen Haaren helfen, Fio!" Wiebke sieht mich bittend an.

Ich lächele. „Klar, mach ich gern."

Ich schaue noch einmal kurz zu Tomme.

In dem Moment, in dem wir Augenkontakt herstellen, sieht er weg. Ich verstehe nicht, was mit ihm los ist …

Ist er immer noch verstimmt wegen gestern Abend?

Hat er sich wirklich so große Sorgen gemacht, weil ich länger aus war? Oder glaubt er, dass ich noch sauer wegen seiner Reaktion bin?

Mir liegen so viele Fragen auf der Zunge, aber ich kann keine davon aussprechen, weil mich im nächsten Moment Wiebke ins Badezimmer zerrt.

„Kannst du Dutch Braids?", fragt sie mich.

„Ja", antworte ich und werfe im Weggehen noch einen Blick über die Schulter. Doch Tomme holt sein Handy aus der Hosentasche und tippt irgendetwas auf dem Screen.

Ich seufze. Das kann doch nicht ewig so zugehen mit uns beiden. Wir müssen das mal klären!

Bis es so weit ist, kümmere ich mich aber um die Frisur meiner kleinen Ziehschwester.

Kurz vor neun klingelt es an der Tür. Während Wiebke und ich unserem Make-up noch den letzten Schliff verpassen, lässt Tomme Hung herein.

„Hey, Alter", begrüßen sie sich.

Die Tür fällt ins Schloss, Schuhe werden zur Seite getreten und kurz darauf höre ich Schritte an der Badezimmertür vorübergehen.

Ich trage die letzte Schicht Mascara auf und verteile noch etwas Gloss auf meinen Lippen.

„Geht das so?", frage ich Wiebke, die neben mir einen Lippenstift aufträgt, dessen Rot perfekt zu ihrem Outfit passt. „Es ist gefühlt ewig her, dass ich so richtig feiern war."

Sie nickt. „Du siehst hammermäßig aus." Sie betrachtet uns beide im Spiegel und wackelt mit den nachgezogenen Augenbrauen. „Ich würde dich mit nach Hause nehmen."

„Oha!" Ich kichere in mich hinein. „Das nenne ich mal ein Lob."

Wiebke nickt, wie um ihren vorherigen Worten noch einmal Nachdruck zu verleihen. „Du siehst so gut aus ... Ich würde mir deine Haut anziehen, wenn ich könnte."

„Okay, jetzt wird's gruselig." Ich zupfe an meinem Haar herum, das ich zwischenzeitlich zu einem hohen Zopf zusammengefasst habe. „Ist das so ein Spruch von deinen Serienkiller-Kindern?"

Wir schauen uns an und brechen beide in Gelächter aus.
„Hey!"

Es klopft an die Badezimmertür.

„Macht ihr da drin schon ohne uns Party?", beschwert sich Hung.

„Nein, nur schlechte Witze!" Ich stupse Wiebke an. „Wir sind gleich so weit."

„Beeilt euch, sonst glühen wir ohne euch vor!"

„Vorglühen?" Ich gehe zur Tür und reiße sie auf. „Macht man das noch in unserem Alter?"

„Klar macht man das n..." Hung hält mitten im Satz inne.

80

„Holy Shit, Fio! Wann bist du denn so ... *so* geworden?"
Er mustert mich von oben bis unten.

Ich klemme mir eine verirrte Strähne hinters Ohr. „Ich ... ähm ..."

„Sie ist so heiß, oder?" Wiebke legt von hinten einen Arm um mich. „Hi, ich bin Wiebke. Tommes Schwester."

Sie hält Hung die verbliebene, freie Hand hin.

„Du bist die kleine Schwester?" Hung scheint nicht weniger beeindruckt von ihrem Look zu sein als von meinem. „Okay, Leute, was ist im Fichtinger Wasser, dass ihr alle so krass ausseht?"

Er schaut verdattert in die Runde und ich wage einen ersten Blick in Tommes Richtung.

Das Herz rutscht mir in die Hose. Er hat sich auch umgezogen und sieht unverschämt gut aus.

Er trägt ein schlichtes, schwarzes Shirt, das genau an den richtigen Stellen anliegt. Die braune Jeans hat er an den Knöcheln zweimal umgeschlagen, damit man seine grauen TOMS sieht. Das Haar trägt er jetzt offen und die braunen Locken fallen lässig in sein Gesicht. Er lächelt, während er dabei zuhört, wie Hung und Wiebke beratschlagen, mit welcher Spirituose wir uns auf den Abend einstellen wollen.

Ich wünschte, er würde zu mir sehen und mir auch dieses Lächeln schenken. Ich hasse diese Anspannung und all das Unausgesprochene zwischen uns.

„Widerlich, wie kann man Wodka pur trinken?", ereifert sich jetzt Wiebke.

„Tja", Hung zuckt mit den Schultern. „Ist wohl eher was für die großen Jungs. Tomme kann aber schon ein paar wegkippen."

„Was?" Wibbi reißt die Augen auf. „Das hat mir mein Bruder aber nie erzählt!"

„Das ist eine Ewigkeit her!", lacht Tomme. „Alter, pack hier nicht meine Jugendsünden aus! Sonst verliere ich mal ein paar Worte über deine Eskapaden."

„Oh ja!", stimme ich in die Unterhaltung mit ein. „Da würde mir auch ein bisschen was einfallen!"

„Ihr verbündet euch gegen mich?" Hung schaut gespielt entsetzt zwischen Tomme und mir hin und her. „Und ich dachte, wir wären Freunde!"

„Sind wir auch, Kumpel!" Tomme verlässt den Gang und geht in die Küche. „Also, wie wäre es mit einem Bier, während wir aufs Taxi warten?"

„Nehm ich!", ruft Hung.

Auch Wiebke und ich bestellen eins.

Nur Augenblicke später kehrt Tomme mit den Getränken in den Flur zurück. Er drückt jedem eine geöffnete Flasche in die Hand.

„Also?" Hung schaut erwartungsvoll in die Runde. „Worauf stoßen wir an?"

Wiebke zuckt mit den Schultern.

„Auf deinen Master? Oder den PhD?", schlage ich etwas kleinlaut vor. Ich war allerdings noch nie gut darin, einen Toast zu geben, und keiner der anderen mag so richtig darauf eingehen.

„Warum nicht auf die Freundschaft?", kommt es schließlich von Tomme.

„Das find ich gut!" Hung hebt seine Flasche in die Mitte. „Auf die Freundschaft!"

„Auf die Freundschaft!" Wiebke grinst und stößt ihr Bier an seines.

Tomme und ich nicken still.

Wir lassen unsere Flaschen aneinander klingen und ich weiß nicht, wer zuerst den Blick des anderen findet.

Aber als er mich ansieht, verschlägt es mir für einen Moment den Atem. Tommes Augen nehmen meine gefangen und mir ist, als sähe ich hinter ihrem warmen Braun einen neuen Sturm aufziehen.

11 – Nur ein Song

Etwas später im Club stehen wir zu viert um einen Bartisch. Das *Starlight* ist aufgrund der frühen Uhrzeit noch nicht so richtig voll. Nur nach und nach sickern Gäste durch die Eingangstür herein. Die, die schon da sind, stehen in kleinen Trauben auf der noch größtenteils leeren Tanzfläche, holen sich an der Theke Getränke oder sitzen gemütlich auf den großzügigen Loungemöbeln, die den Raum säumen.

Die Discokugel im Zentrum der Decke reflektiert träge das Licht der verschiedenen Scheinwerfer. Ich beobachte die kleinen Lichtflecken dabei, wie sie über den Boden tanzen, und nippe gelegentlich an meinem Gin Tonic.

Es ist ein wenig zu laut, um sich normal zu unterhalten. Gleichzeitig ist es noch nicht laut genug, um sich über das Gerede der anderen und die Musik hinweg anzuschreien.

Unser Grüppchen wirkt ein bisschen unschlüssig.

Ich mustere erst Wiebke, dann Hung, dann Tomme, nur um festzustellen, dass sie auch alle mehr oder weniger in ihre Drinks starren.

„Oh mein Gott, das ist doch der schlechteste DJ aller Zeiten, oder?", beschwert sich Hung.

„Hab schon schlechtere erlebt", sagen Tomme und ich wie aus einem Munde.

„Richtig!" Unser alter Schulfreund grinst uns an. „Ihr seid ja im Hochzeits-Business ... Gut, erzählt mal ..." Er lehnt sich auf den Tisch und schaut verschwörerisch zwischen Tomme und mir hin und her. „Was ist der schrecklichste Hochzeitssong, den man sich aussuchen kann?"

Ich wechsele einen kurzen, flüchtigen Blick mit meinem besten Freund. „Hmm", mache ich. „Vielleicht so etwas wie *When a Man Loves a Woman*? Etwas, das total kitschig und ausgelutscht ist?"

Tomme überlegt. „Ich finde kitschig eigentlich okay." Er fährt sich über das stoppelige Kinn. „Und ausgelutscht stört mich auch nicht. Mich irritiert es eher, wenn das Paar die Lyrics bei der Auswahl nicht beachtet. Wenn es in dem Song zum Beispiel ums Schlussmachen oder um Liebeskummer geht. Das ist einfach ein Fail."

„Okay." Hung lässt sich unsere Antworten einen Moment durch den Kopf gehen. „Und was wäre der beste Song? Welchen würdet ihr wählen, wenn ihr selbst heiraten würdet?"

„Liebe meines Lebens."

Ich habe es kaum ausgesprochen, da erschrecke ich, weil Tomme genau dasselbe gesagt hat.

Ich starre ihn mit weit aufgerissenen Augen an.

Sein Blick flackert zu mir.

Hung kichert. „Sorry, wie war das? Könnt ihr das bitte wiederholen?"

„Liebe meines Lebens", antworten Tomme und ich wieder gleichzeitig. Uns beiden steht die Überraschung ins Gesicht geschrieben.

Ich bin perplex.

Über dieses spezielle Thema haben wir uns sicher noch nie unterhalten.

Er kann unmöglich wissen, wie oft ich diesen Song schon gehört und dabei von ihm geträumt habe. Von uns.

„Von wem ist das?", fragt Wiebke. „Bin mir nicht sicher, ob ich den Song schon einmal gehört habe."

„Ähm, das ist von Philipp ... ähm ...", beginne ich ihr zu antworten.

„Philipp Poisel", vervollständigt Tomme den Namen des Interpreten.

„Oh ... Ich glaube, mit dem kann ich nicht so viel anfangen." Wiebke nimmt einen beherzten Schluck von ihrem Tequila Sunrise. „Ich finde, der nuschelt irgendwie. Das macht mich kirre."

Ich höre ihr nur mit halbem Ohr zu, denn meine ganze Aufmerksamkeit liegt bei Tomme. Derselbe Song. Er würde denselben Song wählen. Etwas funkelt in seinen Augen. Vielleicht ist es nur eine Reflexion der Discokugel. Vielleicht ist es nur etwas, das ich mir einbilde. Vielleicht ist es auch egal und es ist einfach ein Grund, ihn weiter anzusehen. Und vielleicht stelle ich mir dabei vor, wie er mich bei genau diesem Song zum Tanz auffordert.

„... du auch, dass er nuschelt?", fragt Wiebke und reißt mich aus meinen Gedanken.

„Was? Wer?" Ich bin völlig überrumpelt.

„Philipp Poisel", wiederholt sie. „Findest du nicht auch, dass er nuschelt?"

„Ich ... ähm ... ich weiß nicht." Meine Antwort ist genauso zerstreut wie meine Gefühle. „Vielleicht? Ein bisschen? Ich mag seine Stimme eigentlich. Sie ist ... ähm ..." Ich spüre, wie meine Wangen warm werden. „Sie ist weich und irgendwie ... ehrlich. Ich finde sie ganz schön."

„Ganz schön." Tomme lächelt mich zaghaft an, dann trinkt er aus seinem Glas. „Ja, da kann ich mich anschließen."

„Ja", ist alles, was mir dazu einfällt.

Ich weiß nicht, ob es am Alkohol, der Gesellschaft oder dem Thema liegt, aber mein Herz rast plötzlich, als würde es ein Wettrennen gewinnen wollen. Ich nippe an meinem Gin Tonic, während mir das Blut durch die Ohren rauscht.

„Mir reicht es jetzt!", beschließt Wiebke in diesem Moment. „Ich gehe ans Pult und wünsche mir einen Song. Von diesem Stümper an der Anlage lasse ich mir doch nicht den Start ins Wochenende versauen!"

„Tu es!", feuert Hung sie an. „Show him how it's done!"

„Und du kommst mit!" Unvermittelt packt mich Wiebke am Arm und zerrt mich hinter sich her.

„Hey!", protestiere ich. „Mach mal langsam, Wibbi!"

Ich wäre jetzt wirklich gern bei Tomme geblieben, um mich weiter zu unterhalten und zu genießen, dass seine seltsame Stimmung und die ausweichenden Blicke endlich ein Ende haben. Außerdem kann ich in den hohen Schuhen, für die ich mich vorhin entschieden habe, kaum mit Wiebkes zielstrebigen Schritt mithalten.

„Langsam können wir noch gehen, wenn wir nach der Apokalypse alle Zombies sind", ist ihre nüchterne Antwort.

„Was?", frage ich verwirrt.

„Was?" Sie wirft mir einen skeptischen Blick über ihre Schulter zu.

Vielleicht habe ich mich auch verhört.

Wir kommen am DJ-Pult an und Wiebke macht dem Typen eine Ansage, die mir anschaulich vor Augen führt, warum die Kinder in ihrer Kitagruppe so einen großen Respekt vor ihr haben. Als wir den jungen Mann wieder seiner Arbeit überlassen, hat er eine Playlist mit gut dreißig Songs und die ausdrückliche Anweisung diese für die nächsten Stunden on Repeat zu spielen.

Sie startet mit einem Song von *5 Seconds of Summer* und Wiebke zieht mich in die Mitte der Tanzfläche, die sich jetzt auffällig schnell füllt.

„Dank mir später", flüstert sie in mein Ohr, bevor sie mich um die eigene Achse dreht.

„Hä?" Ich taumele ein wenig, aber kann mich gerade noch fangen. „Was wird das?"

Sie rückt an mich heran. „Das ist deine Chance zu zeigen, wie du dich in diesem Kleid bewegen kannst", zischt sie in mein Ohr und hebt neckisch eine Braue.

Ich runzele die Stirn. Sie verfolgt wohl weiterhin den Plan, mich aufzuheitern. Eigentlich ist mir nicht danach, aber wenn Wiebke sich so bemüht, werde ich sie nicht allein auf der Tanzfläche stehen lassen.

Ich konzentriere mich auf die Musik und lasse mich vom Rhythmus des Songs mitreißen. Die Beats vibrieren auf meiner Haut und meine Füße und Hüften bewegen sich wie von selbst. Der Song gewinnt an Geschwindigkeit und ich wiege mich im Takt, während ich in meinem Nacken die ersten Schweißperlen spüre.

Wiebke streift mich mit einem anerkennenden Blick und zeigt mir den erhobenen Daumen. Ich lächele.

Wann habe ich das zuletzt gemacht? Mich einfach in der Musik treiben lassen?

Es muss Jahre her sein ... Als Tomme und ich noch in der Berufsausbildung waren und unser Azubigehalt am Wochenende in diesem Club auf den Kopf gehauen haben.

Bei dem Gedanken an die alten Zeiten hebe ich den Kopf und suche meinen besten Freund in der langsam dichter werdenden Menge. Ich entdecke ihn und Hung an unserem Tisch, beide im angeregten Gespräch mit einer Blondine.

Der Anblick versetzt mir einen Stich.

Schnell schaue ich weg und dabei fällt mein Blick auf ein anderes bekanntes Gesicht.

„Adrian?"

Er sieht mich im selben Moment und drängt sich zwischen den Leuten hindurch, um mich zu erreichen.

„Hey, Fiona." Er begrüßt mich mit einer knappen Umarmung. „Das ist also deine Verabredung heute Abend?"

Ich nicke. „Ich bin mit Freunden hier!", schreie ich ihm quasi ins Ohr.

„Cool!" Sein Blick wandert über mich und ich erlaube mir, es ihm nachzutun.

Er hat den üblichen Anzug gegen eine nicht weniger gut geschnittene Jeans getauscht und trägt ein legeres, dunkles Leinenhemd. Der sommerliche Look steht ihm. Besser als sein üblicher Style, wenn man mich fragt.

„Noch ein Song?", fragt er als das Stück, zu dem ich gerade getanzt habe, langsam verklingt.

Fordert er mich gerade zum Tanz auf? Ich bin drauf und dran zu nicken, schaue mich aber noch einmal kurz nach Wiebke um, bevor ich ihm tatsächlich zusage. Sie tanzt und unterhält sich mit einer Frau mit leuchtend blauen Haaren.

„Okay." Ich wende mich wieder Adrian zu. „Klar, lass uns tanzen."

Der nächste Song ist langsamer. Beinahe schon ein Stück für einen eng umschlungenen Slow Dance. Adrian und ich bewahren eine gewisse Distanz, rücken aber dennoch deutlich näher als zuvor zusammen.

„Bist du öfter an den Wochenenden hier?", fragt er mich. „Ich glaube nicht, dass ich dich schon einmal hier gesehen habe."

Ich schüttele den Kopf. „Früher mal, aber mittlerweile komme ich nicht mehr so viel zum Tanzen her."

Er bietet mir die Hand an und zieht mich mit einer kleinen Drehung an seine Brust. „Wirklich schade", sagt er, als ich ganz nah bei ihm bin.

Ich lache nervös. „Ja?"

„Ja", antwortet er mit fester Stimme.

Ich drehe mich noch einmal, sodass ich ihm wieder in die Augen sehen kann. „Was würdest du denn machen, wenn ich öfter hier wäre?", frage ich eine Spur koketter, als ich es tun würde, wenn ich nicht bereits ein Bier und einen halben Gin Tonic intus hätte.

Er grinst. „Dir einen Drink ausgeben."

Ich lächele zurück. „Drinks kann ich mir auch selbst kaufen", entgegne ich mit einem Zwinkern, das ich für selbstbewusst halte.

„Müsstest du aber nicht", entgegnet er verspielt.

Ich lasse mir mit meiner nächsten Antwort Zeit, tanze noch ein paar Takte, während ich überlege, ob ich diesem kleinen Flirt nachgeben soll.

Mein Blick streift wieder zu Hung, Tomme und der Blonden.

„Na gut", sage ich schließlich, als ich Adrian wieder nah genug bin, dass er mich hören kann. „Trinken wir etwas."

Er grinst. „Gern."

Durch die Menge führt er mich zur Cocktailbar. Plötzlich wirkt der Laden brechend voll. Ich mache mir keine großen Hoffnungen, dass wir in nächster Zeit zum Thekenpersonal durchdringen, doch Adrian überrascht mich.

Er winkt einer jungen Frau hinter der Bar zu. Sie scheint ihn zu kennen, nickt und bittet wohl die Gäste direkt vor ihrem Abschnitt der Theke, Platz zu machen.

Adrian schiebt mich durch eine letzte Traube Menschen und wir stehen an der Bar.

„Hey!" Die Barkeeperin begrüßt ihn mit Handschlag. „Was darf's sein?"

Adrian bestellt einen Wodka Martini und schaut mich fragend an. „Was willst du?"

„Gin Tonic bitte."

Er nickt und ordert für mich.

„Verrate mir deinen Trick", fordere ich ihn auf, während die Frau hinter der Theke unsere Drinks mixt. „Kennst du einfach jeden überall?"

„Nein." Er lacht. „Aber als der *Starlight Club* vor ein paar Jahren nach einem Pächterwechsel neu eröffnet hat, hat unsere Agentur die Kampagne umgesetzt und ich habe die Inhaberinnen kennengelernt." Er nickt in Richtung der Frau, die ich bis dahin einfach für eine Mitarbeiterin des Tanzlokals gehalten habe. „Wir kennen uns echt schon ewig." Adrian lehnt sich ein bisschen näher zu mir. „Damals war ich in der Agentur noch Praktikant. Das Rebranding war eins meiner ersten größeren Werbeprojekte."

Ich nicke anerkennend. „Und dann kam dein rasanter Aufstieg?", frage ich mit einem Schmunzeln.

Adrians Grinsen wird breiter und ich habe den Eindruck, seine Brust schwillt vor Stolz ein wenig an. „Kann man wohl so sagen."

„Gut für dich", sage ich und meine es auch so.

Ich bewundere Menschen, die mit dem, was sie leidenschaftlich gern tun, Erfolg haben. Ich wünschte, das würde mir auch gelingen.

„Bitte sehr." Die Club-Inhaberin stellt unsere Drinks vor uns ab. „Geht aufs Haus."

Adrian reicht mir mein Glas und hebt sein eigenes an. „Danke, Becky", prostet er der Frau hinter dem Tresen zu.

Sie zwinkert und widmet sich den nächsten Gästen.

Ich möchte gerade mit Adrian anstoßen, als mich jemand anrempelt und ich meinen Drink der Länge nach über sein Hemd und seine Hose schütte.

„Oh Mist!" Ich halte mir die Hand vor den Mund. „Oh, nein, das tut mir so leid."

Adrian schaut etwas betreten an sich hinunter, winkt aber schnell ab. „Alles gut, war ja nicht deine Schuld! Hey!" Er richtet sich an die Person hinter mir, die mich wohl geschubst hat. „Kannst du nicht aufpassen, Bro?"

„Sorry ... *Bro*", erklingt eine Stimme, die ich sofort wiedererkenne. „Hab sie zu spät gesehen." Der Sarkasmus und die Lüge triefen förmlich aus den Worten.

Adrian schüttelt genervt den Kopf. Auch er nimmt die Entschuldigung nicht ernst. „Tut mir leid, Fiona. Ich will das mal eben etwas trocknen." Er deutet auf sein Outfit. „Ich komme gleich wieder. Bestelle dir ruhig einen neuen Drink bei Becky." Er stellt seinen eigenen Drink an der Theke ab und schiebt sich an mir vorbei, vermutlich um die Toiletten aufzusuchen.

„Keine Sorge, *Bro*!", ruft der andere ihm hinterher. „Ich kaufe ihr einen neuen Cocktail!"

Ich wirbele herum.

„Tomme!", zische ich wütend. „Was soll das?"

Er hebt eine Braue. „Das könnte ich dich auch fragen!" Sein Blick ist streng. „Seit wann lässt du dir von irgendwelchen Typen irgendwelche Drinks ausgeben? Das ist megagefährlich, Fio!"

Ich atme tief durch. „Danke für deine Sorge, aber Adrian ist nicht irgendein Typ. Wir arbeiten zusammen!"

„Adrian." Tomme spuckt den Namen aus, als hätte er einen üblen Beigeschmack. „War ja klar. So sieht also deine Geschäftsbeziehung zu dem Lackaffen aus."

Ich verdrehe die Augen. „Was redest du da?"

„Tanzt du immer so Haut an Haut mit deinen Business-Partnern?", will Tomme wissen.

„Wie bitte?" Ich schüttele den Kopf. „Beaufsichtigst du jetzt, was ich auf der Tanzfläche mache, oder was?"

Tomme gibt nicht nach. „Du hättest sehen sollen, wie er dich angesehen hat!" Er kommt einen Schritt näher; sein Blick bohrt sich in meinen.

Ich recke das Kinn und halte seinem glühenden Blick stand. „Wie hat er mich denn angesehen?"

Tomme schluckt und sein Adamsapfel hebt und senkt sich dabei. „Wie etwas, das man kaufen kann." Hinter seinen Augen beginnt es wieder zu stürmen. „Oder schon gekauft hat."

Ich lache auf, ohne amüsiert zu sein. „Du meine Güte, so ein Unsinn!" Ich kann kaum glauben, was ich da höre. „Mach dich nicht lächerlich. Adrian und ich haben nur ein wenig getanzt und geflirtet. Das war völlig harmlos."

Er presst die Lippen aufeinander. „So sah es aber gar nicht aus."

„Was?" Ich stelle mein ohnehin leeres Glas an der Bar ab und starre ihn an. Langsam wird mir das hier wirklich zu bunt. „Und wenn schon? Was geht es dich an?"

Ich verschränke die Arme vor der Brust.

„Was es mich ...?" Tommes Stimme ist ein kaum gezähmtes Knurren. „Richtig." Er fährt sich mit der Hand übers Gesicht. „Du hast recht. Es geht mich nichts an."

Seine Mimik widerspricht seinen einsichtigen Worten. Er hat die Augen zu Schlitzen verengt.

„Es ist absolut deine Sache, mit wem du was tust." Seine Kiefer mahlen. „Und mit wem du dich über Peter hinwegtröstest."

„Peter?" Jetzt überlege ich ernsthaft, ob mir der Alkohol schon die Sinne vernebelt hat.

Was hat mein Ex mit all dem zu tun?

„Ja, ich meine ..." Tomme versenkt die Hände in den Hosentaschen. „Wenn du die Ablenkung brauchst."

„Entschuldige, bitte?" Ich spüre heiße Wut in mir emporsteigen. „Ich brauche keine Ablenkung von Peter!", sage ich in schneidendem Ton. „Wenn ich von irgendwem eine Ablenkung brauche, dann ..." Ich bremse mich, bevor ich zu viel sage.

Aber Tomme lässt sich nicht so leicht abschütteln.

„Ja?", hakt er nach.

„Wenn ich mich von irgendetwas ablenken wollte ...", fauche ich ihn an. „Dann von deinem Unfug hier!"

Und bevor er noch irgendetwas entgegnen kann, drehe ich mich auf dem Absatz um und lasse ihn einfach stehen.

12 – Nur ein Wort

Am Samstagmorgen wache ich mit dröhnendem Schädel in Wiebkes Wohnung auf. Nach dem Streit mit Tomme hat sie mich aus Solidarität mit zu sich nach Hause genommen. Wir haben Schnäpse gekippt und mein Liebesleben der letzten zehn Jahre obduziert. So wie es Freundinnen eben machen.

Ich weiß nicht mehr, zu welchem Fazit wir gekommen sind. Ich weiß nur, dass ich beim Einschlafen noch immer sauer auf Tomme war.

Was nimmt er sich eigentlich heraus?

Schlimm genug, dass meine Gefühle für ihn jede, wirklich jede meiner bisherigen Beziehungen torpediert haben.

Jetzt musste er mir auch noch dazwischen funken, wenn ich mal einen luftig leichten Sommerflirt habe?

Beim Gedanken an Adrian taste ich nach meinem Handy. Ich sollte mich bei ihm dafür entschuldigen, dass ich gestern einfach, ohne mich zu verabschieden, den Club verlassen habe. Und auch Hung wird sich sicher fragen, wohin Wiebke und ich verschwunden sind.

Ich fahre mit der Hand das Sofapolster entlang. Wo habe ich mein Smartphone nur hingeschmissen?

„Suchst du das hier?"

Ich blinzele, als ich Wiebkes Stimme höre.

Sie hockt, die braunen Locken in alle Richtungen abstehend, vor mir auf dem Wohnzimmerteppich. Hinter ihr läuft der stummgeschaltete Fernseher.

„Ja." Ich greife nach dem Handy, dass sie mir direkt vor die Nase hält. „Danke."

Sie nickt und löffelt Cornflakes aus einer Schale auf ihrem Schoß. Ich bringe mich ächzend in eine sitzende Position.

„Er hat dreimal angerufen", sagt sie, ohne den Blick vom flimmernden TV abzuwenden.

„Adrian?"

„Tomme."

„Hm", mache ich.

„Ihr solltet reden." Jetzt schaut sie doch über ihre Schulter und wirft mir so einen tadelnden Erzieherinnen-Blick zu. „Wirklich reden."

„Wir haben geredet. Gestern. Im Club." Bockig entsperre ich mein Smartphone und wische alle Benachrichtigungen über Tommes Kontaktversuche beiseite. „Ich habe ihm gerade nichts zu sagen."

Wiebke schnaubt. „Ihr habt beide *alles* zu sagen." Sie seufzt. „Und ihr kommt sowieso nicht drumherum."

„Wie meinst du das?" Ich lege das Handy beiseite und reibe mir die Augen.

„Na, weil ..." Sie erhebt sich von ihrem falschen Flokati. „Weil ich dich nach einer Tasse Kaffee rausschmeiße."

„Was?" Ich schaue sie geschockt an.

Ich habe nicht erwartet, dass sie mir für immer und ewig Zuflucht gewähren würde. Aber ich habe schon damit gerechnet, zumindest für den Rest des Wochenendes bei ihr unterzukommen.

„Vergiss es." Sie sieht mich an, als hätte sie meine Gedanken gelesen. „Ich halte zu dir, aber du kannst dich trotzdem nicht hier vor meinem Bruder verkriechen."

„Wibbi ..." Ich versuche mich an einem flehenden Tonfall.

„Nein, kommt gar nicht infrage." Sie bleibt streng. „Du gehst nachher wieder nach Hause und dann redet ihr über eure Gefühle, so wie es erwachsene Menschen tun."

Ich schmolle. „Es stimmt gar nicht, dass alle Erwachsenen über ihre Gefühle sprechen."

„Sollten sie aber." Wiebke bleibt hart. „Und ihr beide ganz besonders."

Ich schüttele den Kopf. „Ich kann das heute nicht." Ich schiele kurz zu dem quietschbunten Radiowecker, der in einem Bücherregal in der rechten Ecke des Raumes steht. „Ich habe noch vier Stunden, bis ich bei der nächsten Hochzeit sein muss." Gähnend massiere ich mir die Schläfen. „Und Tomme wird sowieso im Laden sein."

„Dann redet ihr eben heute Abend, heute Nacht oder morgen früh! So oder so ..." Sie zieht mir die Decke weg. „Wirst du hier nicht noch einmal crashen. Du hast schon ein Jansen-Sofa in Beschlag. Tommes Sofa. Das reicht."

„Okay, okay." Ich zupfe das Kleid von letzter Nacht, das ich noch immer trage, zurecht. „Ich habe dich verstanden." Ich seufze. „Aber den Kaffee kriege ich noch?"

„Klar!" Wiebke grinst. „Du kriegst sogar ein Konterbier gratis dazu, wenn du willst."

Ich schüttele den Kopf und bereue es sofort, weil mir davon schwindelig wird. „Nein, danke, Kaffee reicht."

„Gut", flötet Wiebke und tapst mit den schwungvollen Schritten einer Person, die nicht verkatert ist, in ihre Küche.

Ich lasse mich ins Sofakissen sinken und starre an die Decke, von der ein neonfarbener Kronleuchter baumelt.

So ein Schlamassel! Wie manövriere ich mich eigentlich immer wieder in so unangenehme Situationen?

Ich nehme mein Handy wieder in die Hand und beginne mit der Schadensbegrenzung. Zuerst schreibe ich Hung, weil das am wenigsten peinlich ist. Seine Antwort kommt prompt und sie hat denselben Tonfall wie Wiebkes Ermahnungen. Auch er will, dass Tomme und ich ein klärendes Gespräch führen, und untermauert die Aufforderung mit einer Reihe die Augen verdrehender Emojis.

Anschließend schreibe ich Adrian: *„Sorry, dass ich gestern gegangen bin, ohne Tschüss zu sagen. Es war ...“*

Ich halte im Tippen inne.

Wie erkläre ich Adrian, dass Tomme ihn für einen zwielichtigen Typen mit K.-o.-Tropfen gehalten hat und mir quasi zu verstehen gegeben hat, dass Adrian und ich mit einem Tanz und einem Drink professionelle Grenzen überschreiten würden?

Das ist ganz schön viel für eine simple Textnachricht.

„Es ist etwas mit einem meiner Freunde dazwischengekommen. Ich musste los, entschuldige.“

„Kein Problem“, kommt es augenblicklich von Adrian zurück. Der Mann ist wohl nie weit entfernt von seinem Handy. *„Ich dachte schon, es wäre etwas mit dem seltsamen Typen, der deinen Drink verschüttet hat, vorgefallen.“*

Ich beiße mir auf die Unterlippe. Wenn der wüsste ...

„Ich habe den Kerl später noch einmal gesehen“, ploppt die nächste Nachricht in meinem Messenger auf. *„Hat sich völlig abgeschossen. Einfach total lost. Glaube, der war einfach nur da, um sich volllaufen zu lassen.“*

Ich blinzele. Tomme hat sich volllaufen lassen?

Das sieht ihm gar nicht ähnlich!

Ich schüttele den Kopf. Adrian muss ihn mit jemand anderem verwechselt haben.

Bevor ich darauf reagieren kann, kommt die nächste Message an.

„Steht unser Date am Montag noch?", will Adrian wissen. *„Damit wir mal das Geschäftliche fix machen?"*

Für einen Moment bleibt mein Blick an dem Wort *Date* hängen. Irgendwie sind diese Grenzen zwischen Flirt und Business ziemlich leicht zu verwischen ...

Mit einem einzigen Wort.

Hat Tomme doch recht mit seinem Argwohn gegenüber Adrians charmanter Art?

Ich schnaube und beschließe, jetzt nicht weiter darüber zu grübeln.

„Ja", tippe ich stattdessen. *„Elf Uhr im Co-Working-Space, richtig?"*

„I'll be there", kommt es mitsamt Smiley zurück.

Ich lasse das Handy sinken und atme erleichtert auf.

Zumindest das wäre wieder zurechtgerückt!

13 – Zerreißprobe

Wie erwartet finde ich Tommes Wohnung leer vor, als ich mit dem Ersatzschlüssel von Wiebke eintrete.

Der Flur liegt im Halbdunkel vor mir und weder aus der Wohnküche noch aus Tommes offen stehender Schlafzimmertür dringt ein Laut, der darauf hindeuten könnte, dass er doch zu Hause wäre. Trotzdem verhalte ich mich leise, als ich die Pumps von meinen schmerzenden Füßen streife und mich ins Badezimmer schleiche.

Angesichts unseres Streits fühlt es sich beinahe falsch an hier zu sein. Ich fühle mich wie ein Eindringling, als ich mich aus meinem Kleid schäle und unter die Dusche steige. Seufzend schließe ich die Augen, betätige die Brause und lasse mich vom warmen Wasser einlullen.

Wir werden das klären, oder?

Wir werden wieder zueinanderfinden, nicht?

Wir werden wieder gemütliche Abende auf dem Sofa verbringen, wieder miteinander scherzen und lachen.

Ich werde wieder in seinen Blumenladen kommen und über kitschige Brautpaare lästern und er wird mich wieder zurechtweisen.

Ich werde wieder auf seinem Beifahrersitz sitzen und wieder mit ihm in den Sonnenuntergang fahren.

Wir werden wieder darüber reden, wieder einmal zusammen Urlaub zu machen. Wieder einmal an der Nordsee. Wieder einmal auf dem Apfelhof.

Ich will das, all das, wieder zurück.

Auch wenn ich noch immer sauer auf Tomme bin, ist es mir so viel wichtiger, mit ihm eine Lösung zu finden. Ich kann nicht an meinem Ärger festhalten.

Es zerreißt mich, mir mit ihm nicht einig zu sein.

Wir sind ein Team, ein Duo, schon immer.

Ich stelle das Wasser ab und beginne mich einzuseifen. Aus einem Impuls heraus klaue ich mir etwas von Tommes Duschgel. Einfach weil sein Duft mir dieses Gefühl von Versöhnung gibt. Obwohl wir noch nicht miteinander gesprochen haben, fühle ich mich ihm dadurch ein bisschen näher. Der Geruch breitet sich im ganzen Bad aus und hüllt mich ein wie eine Umarmung.

Beinahe fällt es mir schwer, nach dem Abtrocknen das Fenster zu öffnen und die warme, wohlriechende Luft hinauszulassen. Ich stelle mich ans Waschbecken, föhne meine Haare und lege etwas Make-up auf. Das Ergebnis meines Stylings ist zwar nicht überragend, aber ordentlich genug, um darüber hinwegzutäuschen, dass ich übernächtigt und noch immer ein wenig verkatert bin.

In ein Handtuch gewickelt gehe ich ins Wohnzimmer, um meine Kleiderauswahl durchzugehen. Während ich mir noch unschlüssig bin, ob ich eine beige oder blaue Hose anziehe, leere ich ein großes Glas Wasser und nehme eine Kopfschmerztablette.

Anschließend schlüpfe ich in meine Klamotten (ein weißes Shirt mit einer braunen Hose, die irgendwie dann doch der bessere Kompromiss war) und überprüfe die Ausstattung meiner Kameratasche.

Ich gehe sicher, dass alle Akkus geladen, alle Speicherkarten eingesetzt sind und ich auch sonst nichts vergessen habe, was ich bei dem Termin heute gebrauchen könnte.

Die kleine, familiäre Trauung, die ich am Nachmittag ablichte, findet in Fichtingen, im winzigen Trauzimmer des alten Rathauses statt. Ich bin dort nicht oft im Einsatz, denn vielen Festgesellschaften ist der Raum zu klein und zu wenig prunkvoll. Für mich sind die Termine dort jedoch immer ein kleines Highlight.

Zum einen kann ich von Tommes Wohnung zu Fuß dorthin laufen. Es ist ein kurzer Weg, der durch die ältesten, schönsten und verwinkelsten Gassen der Stadt führt.

Zum anderen hat der schlichte, holzvertäfelte Raum so eine friedliche und beruhigende Atmosphäre, die nur von der Akustik, bei der einem kein gerührter Schluchzer entgeht, getoppt wird.

Als ich dort eine gute Dreiviertelstunde vor den Hochzeitsgästen ankomme, packe ich direkt meine Kamera aus und beginne ein paar Probeschüsse aus allen Winkeln des Raumes zu machen. Ich will die Lichtverhältnisse kennenlernen, bevor es losgeht, und bin ganz vertieft in das Anpassen meiner Kameraeinstellungen, als mich jemand von der Seite anspricht.

„Hallo!", begrüßt mich eine junge Frau in einem langen grünen Kleid. „Fiona, oder?"

Ich reiße meinen Blick vom Display los. „Ja?"

„Hey, ich bin's Evi." Sie lächelt freundlich und streicht sich eine ihrer Locken hinters Ohr. „Evgenia Manousakis?"

Mit einem Mal sehe ich die Ähnlichkeit zu dem Mädchen, das früher in meiner Parallelklasse war.

„Oh, natürlich!" Ich lasse die Kamera sinken. „Hi! Schön, dich mal wieder zu sehen. Wie ... ähm ... geht's?"

Ich schaue mich im sonst noch menschenleeren Trauzimmer um. „Was bringt dich her?"

„Dasselbe wie dich." Sie grinst über beide Backen. „Die Hochzeit von Sascha und Willi. Er ist der Onkel meiner besten Freundin Dahlia."

„Ach so, klar!" Ich lache verlegen. Natürlich, jetzt erinnere ich mich an die dünne Dunkelhaarige, mit der sie in unserer Schulzeit mindestens so sehr aufeinanderhing wie ich und Tomme. Ich hatte nur nicht daran gedacht, dass da eine Verwandtschaft zu meinem heutigen Hochzeitspaar besteht.

„Ich will dich auch gar nicht in deinen Vorbereitungen stören", sagt Evi schnell. „Aber Tomme hat mich neulich angesprochen ... Ich, ähm, heirate auch in diesem Jahr und er macht unseren Blumenschmuck?"

„Richtig! Herzlichen Glückwunsch!" Ich rufe mir die Unterhaltung vom Brunch am letzten Wochenende wieder ins Gedächtnis. „Er hat mir davon erzählt."

„Ja ... nur leider ..." Jetzt ist es Evi, die verlegen wird. „Er hat gefragt, ob wir nicht auch dich als Fotografin engagieren wollen und, ähm, also, ich würde das eigentlich echt gern, aber ..." Sie verdreht die Augen. „Ismets Familie hat das schon in die Hand genommen. Die haben schon zwei Fotografen, einen Videografen und einen Typen mit einer Drohne angeheuert."

„Wow", staune ich.

„Ja." Evi seufzt. „Es wird eine riesige Feier und irgendwie müssen daran auch all unsere Verwandten teilhaben." Sie lächelt ein wenig gequält. „Auch die, die nicht anreißen können. Also muss jeder Augenblick festgehalten werden und das, obwohl weder Ismet noch ich gern im Mittelpunkt stehen."

Sie atmet tief durch.

„Jedenfalls ... Leider können wir dich nicht beauftragen und ich dachte, wenn ich dich hier schon sehe, sage ich es dir persönlich." Sie sieht mich schuldbewusst an. Es scheint ihr wirklich unangenehm zu sein, mir diese Absage zu erteilen.

„Danke. Das ist wirklich gar nicht schlimm." Ich lächele sie aufmunternd an. „Mach dir keinen Kopf. Ich finde es schön, dass ihr mich in Erwägung gezogen habt. Aber manchmal klappt's eben nicht."

„Okay. Gut." Sie nickt. „Weißt du, ich habe online deine Arbeit gesehen und finde deine Fotos richtig schön. Außerdem ist es wirklich toll, dass du und Tomme eine Möglichkeit gefunden habt, auch eure Berufe zu verbinden."

„Ach ... ja?" Ich runzele die Stirn. Ich verstehe nicht so ganz, worauf sie hinauswill.

„Ja, ich meine, das bietet sich ja an als Florist und Fotografin nicht?", fährt sie fort.

Ich schaue sie nachdenklich an. „Äh ... ja ... ich schätze schon?"

„Ich, also, *wir* hätten das wirklich cool gefunden, euch so als Power Couple dabei zu haben." Sie stupst mich an die Schulter. „Ich dachte mir ja schon früher in der Schule immer, dass ihr beide eigentlich wie füreinander gemacht seid."

„Oh!" Endlich fällt bei mir der Groschen. Unsanft. Bis in meine Magengrube. „Ich glaube, da hast du was missverstanden. Tomme und ich ..." Ich räuspere mich. „Wir sind kein Paar, wir sind ..." Ich schlucke. „Gute Freunde." Ich zwinge mich zu einem Lächeln. „Wirklich. Gute. Freunde."

Evi blinzelt verwirrt. „Freunde?"

„Jepp."

„Tatsächlich?"

„Ja."

Ich beiße mir auf die Wange. Irgendwie trifft mich die Erkenntnis, dass schon wieder jemand, noch dazu jemand, der mich kaum kennt, mehr in Tomme und mir sieht, unerwartet hart.

Warum sind wir für alle Welt so ein perfektes Match ... aber nicht füreinander?

„Okay. das ist mir jetzt echt peinlich", gesteht Evgenia. „Entschuldige."

„Muss es dir wirklich nicht sein", beschwichtige ich sie schnell.

„Heißt das dann, du hast dich nicht hier in Fichtingen als Fotografin niedergelassen?", hakt sie trotzdem noch nach.

„Ich bin schon meistens hier oder drüben in Buchingen im Einsatz", erkläre ich ihr. „Aber ich bin nicht auf die Region festgelegt."

Entgegen ihrer Ansage, mich nicht lange stören zu wollen, lässt sich Evgenia auf dem nächstgelegenen Stuhl nieder. „Aber du machst schon hauptsächlich Hochzeiten?"

„Ich, ähm ..." Wie sage ich das jetzt, ohne dass es gehässig klingt? „Ich versuche gerade, auch in anderen Arten der Fotografie Fuß zu fassen."

„Zum Beispiel?"

Meine Güte, diese Evi ist echt neugierig!

„Werbefotografie zum Beispiel. Mode und sowas", gebe ich ein wenig kleinlaut zurück.

Es fühlt sich seltsam an, darüber zu sprechen, wo mein erster richtiger Job in diesem Feld noch nicht einmal in trockenen Tüchern ist.

Evi ist trotzdem begeistert. „Cool!", freut sie sich. „Okay, das passt zu dir!"

Ach ja?

Ich spreche die Frage nicht laut aus, aber scheinbar ist mein Gesichtsausdruck genug Aufforderung für sie, um ihre Einschätzung zu erklären.

„Ja, ich kann mir irgendwie richtig gut vorstellen, wie du solche Hochglanz-Jobs machst. Und ich wette, da kannst du auch viel kreativer werden als bei ... na ja ..." Sie sieht sich in dem kleinen Trauzimmer um. „Als bei Familienfesten und den immer gleichen Locations, oder?"

Ich möchte ihr zustimmen, tue es aber nicht.

Das wäre nicht angebracht.

Schließlich ist es auch ein Privileg, dass mich Leute am schönsten Tag ihres Lebens dabei haben wollen.

Leute wie Willi und Sascha.

„Jedenfalls" Evgenia erhebt sich wieder von ihrem Sitz. „Ich drücke dir die Daumen, dass du in dem Bereich weiterkommst." Sie lacht in sich hinein. „Wenn ich mal eine Fotostrecke von dir in so einer Fashion-Zeitschrift entdecke, darf ich dann allen erzählen, dass ich mit dir in der Schule war?"

Jetzt muss ich selbst lachen. „Klar. Ich schicke dir persönlich ein Exemplar zu!"

„Oder gib's Tomme", schlägt sie vor. „Er kommt ja öfter mal zum Einkaufen in meinen Laden. Er wird's mir bestimmt zeigen, wenn er dann wieder bei mir Olivenöl und Wein shoppt."

„Ach, von dir holt er sich die guten Sachen." Ich schmunzele, aber der Zug um meinen Mund wird wackeliger.

„Wenn es um mediterrane Feinkost geht, sind wir die Nummer 1 hier in Fichtingen." Sie zwinkert mir zu und verlässt das Trauzimmer.

Sicherlich, um sich zu den anderen Gästen zu gesellen, die draußen vor der Eichentür auf die Standesbeamte warten.

Ich sehe ihr nach und mein Lächeln erstirbt.

Ohne sich dessen wahrscheinlich überhaupt bewusst zu sein, hat sie gerade genau das geschildert, was ich tief in meinem Innern auch befürchte.

Nämlich dass ich, wenn sich meine beruflichen Träume erfüllen sollten, aus Fichtingen weggehen werde.

Und dass Tomme bleibt.

14 – Einsicht

Obwohl die Trauung wunderschön war und ich mit meiner Arbeit zufrieden bin, gehe ich mit einem mulmigen Gefühl zurück zu Tommes Wohnung.

Eigentlich sollte ich aufgeregt sein, dass der Job heute so gut lief und dass ich am Montag den Grundstein für den nächsten Schritt meiner Karriere lege ... Aber irgendwie fühle ich es nicht. Die Freude über meine jüngsten und meine bevorstehenden Erfolge will sich einfach nicht einstellen.

Die Kameratasche über meiner Schulter erscheint mir schwerer als sonst, während ich die Stufen zu Tommes Haus hochsteige. Ich habe noch den Zweitschlüssel und lasse mich selbst hinein.

„Tomme?", rufe ich zaghaft, als ich auch die Wohnungstür aufschließe.

Er müsste jetzt eigentlich zu Hause sein. Es ist kurz nach halb sechs. Mein Termin heute war kürzer als sonst, weil Willi und Sascha nicht wollten, dass ich auch die Feier begleite. Aber Tomme hat ja theoretisch schon am Nachmittag sein Geschäft zugemacht und könnte längst zurückgekehrt sein.

Während ich durch die Wohnung laufe, finde ich jedoch alles so vor, wie ich es vor ein paar Stunden verlassen habe.

Ich krame mein Handy heraus, überlege kurz, ob ich Tomme anrufen soll.

Würde er rangehen?

Mein Ärger war zwischenzeitlich verflogen, aber was, wenn er noch wütend ist?

Etwas unschlüssig stehe ich in der Wohnküche und beschließe, erst einmal für Ordnung zu sorgen. Mein Zeug liegt wie immer überall verstreut und ich weiß, wie wichtig Tomme eine aufgeräumte Umgebung ist. Vielleicht wäre das ein guter erster Schritt, um ihm wieder versöhnlicher zu begegnen.

Eine halbe Stunde lang beseitige ich mein Chaos rund ums Sofa und im Bad. Als auch nach fast einer Stunde nichts von Tomme zu sehen oder zu hören ist, werde ich noch rastloser.

Soll ich etwas kochen? Damit wir beim Abendessen reden können, sobald er heimkommt?

Essen ist doch immer gut, oder?

Ich schaue in den Kühlschrank und wäge die Optionen ab. Irgendetwas Schnelles werde ich mit den vorhandenen Zutaten nicht zaubern können. Als mir außerdem klar wird, dass ich mit meinen nicht allzu ausgefeilten Kochkünsten wahrscheinlich nur neue Unordnung in Tommes Küche anrichten würde, verwerfe ich den Plan ganz schnell wieder.

Stattdessen stecke ich mir Geldbeutel und Handy in die Hosentaschen und verlasse die Wohnung. Ich werde zum *Ha Long* laufen und unsere übliche Bestellung holen. Da kann wenigstens nichts schiefgehen!

Zufrieden mit diesem Entschluss gehe ich die etwa zwanzig Minuten zu unserem Lieblingslokal zu Fuß.

Die Sonne scheint noch ziemlich kräftig, in den Straßen und auf den Balkons ist einiges los.

Man merkt, dass die Tage gerade besonders lang sind. Ich komme an ein paar spielenden Kindern vorbei, die mit bunter Kreide den aufgeheizten Gehweg bemalen.

Ich lächele. Wie Tomme und ich früher.

Ich hüpfe über ein paar auf das Pflaster gekritzelte Zahlen. Ein Mädchen mit Zöpfen beobachtet genau jeden Sprung, den ich in meinen Sneakers mache.

Wie lang ist es wohl her, dass ich zuletzt draußen mit Freunden gespielt habe? Wie viele Jahre liegen diese Tage, an denen alles noch so unbeschwert war, zurück?

Tief in Gedanken verpasse ich beinahe das mit Grünpflanzen zugewucherte Bistrofenster des *Ha Long*. Schnell mache ich einen Schritt zurück und zwänge mich durch die Tür ins verführerisch riechende Innere.

Hung hilft auch heute im Restaurant seiner Eltern aus. Er steht hinterm Tresen, freut sich jedoch nicht annähernd so sehr wie ich, dass wir uns hier wieder begegnen. Als er von einer Quittung, die er gerade kontrolliert, aufsieht, verdreht er die Augen.

„Ihr teilt euch ein Gehirn, oder?", sagt er seufzend und deutet zu seiner Linken.

Ich folge seinem Fingerzeig und entdecke Tomme an einem Tisch in der Ecke. Sein Blick ist genauso verdattert wie meiner.

„H-Hey", krächze ich, als ich mich seinem Platz nähere.

„Hi", kommt es rau von ihm zurück.

„Darf ich?" Ich berühre die Lehne eines freien Stuhls.

„Klar!" Tomme springt auf, nur um sich im nächsten Moment gemeinsam mit mir zurück an den Tisch sinken zu lassen. „Willst du?" Er hält mir eine Speisekarte hin.

„Nein, ich ..." Ich winke ab. „Ich weiß schon, was ich möchte."

Das, was wir immer nehmen, denke ich, aber spreche es nicht aus.

„Okay." Er räuspert sich und streicht das Papier glatt. „Ich eigentlich auch."

Einige Herzschläge sitzen wir einfach da, starren auf die Tischplatte und schweigen uns an.

„Ich ...", setze ich an, im selben Moment in dem „Es tut mir so leid!" aus Tomme herausplatzt.

„Was?" Ich hatte keine spezielle Vorstellung, wie dieses Gespräch ablaufen würde, aber irgendwie habe ich nicht damit gerechnet, dass er mit so einer Entschuldigung startet.

„Ich ..." Seine braunen Augen sind voller Bedauern. „Ich habe mich so bescheuert aufgeführt gestern im Club. Wie so ein richtiger ..." Er holt Luft. „Wie ein richtiger Arsch."

„Hört, hört", sagt Hung, der plötzlich neben unserem Tisch steht und eine Schale Frühlingsrollen zwischen uns stellt.

Ich blinzele verwundert und auch Tomme erscheint überrascht.

„Ich hatte noch gar nichts bestellt", sagt er.

Hung schnaubt. „Laut meiner Mutter bestellst du hier ungefähr dreihundert Frühlingsrollen im Jahr." Er sieht Tomme an, als wäre der schwer von Begriff. Und der Blick, mit dem er mich streift, ist auch nicht viel schmeichelhafter. „Ich habe geraten. Guten Appetit. Mach weiter mit deiner Entschuldigung, Tomme."

Mit diesen Worten verschwindet er wieder und widmet sich den Gästen am Nachbartisch.

Tomme fährt sich über das Gesicht. „Ich weiß eigentlich gar nicht, was ich sonst noch sagen soll." Seine Hände wandern in seine ohnehin schon zerwühlten Haare. „Ich schäme mich, Fio."

Der nächste Seufzer kommt tief aus seiner Brust. „Wie ich mich verhalten habe, war echt nicht okay. Es ist absolut deine Sache, mit wem du tanzt oder flirtest oder ...“ Er unterbricht sich. „Ich hab kein Recht, mich einzumischen, und werde es auch nicht mehr tun. Das verspreche ich dir. Es tut mir leid.“

Ich schaue ihn nur an. Seine Augen wirken so müde, sein ganzer Teint irgendwie fahl. Als hätte er gestern noch lange wach gelegen. Als hätte er ...

„Hast du dich betrunken?“, frage ich ohne Umschweife.

Er reißt erschrocken die Augen auf. Dann nickt er.

„Warum?“, frage ich zaghaft.

„Weil ...“ Er sieht mich lange an, dann verbirgt er das Gesicht in den Händen und sein Oberkörper beginnt zu beben. Für einen kurzen Moment glaube ich, dass er schluchzt. Aber dann wird mir klar, dass er lacht.

„Weil was?“, hake ich nach und kann mir selbst ein leises Lachen nicht verkneifen. „Was ist so lustig?“

„Ich!“ Er nimmt die Hände von seinem Gesicht. „Ich bin einfach lächerlich.“

„Einsicht ist der erste Weg zur Besserung.“ Hung stellt eine vollgepackte Tüte in mein Sichtfeld. „Nehmt ihr's mit oder muss ich alles wieder auspacken?“

„Alter!“ Tomme schüttelt den Kopf. „Was ist das? Wir hatten doch noch gar nichts bestellt!“

„Ihr nehmt immer das Gleiche. In der Küche hängt ein Zettel mit eurer Stammbestellung.“ Hung zuckt mit den Schultern. „Wem wollt ihr hier eigentlich etwas vormachen?“ Er wirft erst mir dann Tomme einen vielsagenden Blick zu. „Ich setze es auf eure Rechnung. Geht nach Hause.“

„Du schmeißt uns raus?“ Tomme klappt die Kinnlade herunter.

Hung schnalzt mit der Zunge. „Ich schubse euch in die richtige Richtung." Er zeigt hinter sich. „Da ist die Tür! Ab mit euch!"

Ich kann mir ein Kichern nicht verkneifen, als Hung uns von unseren Plätzen scheucht.

„Echt ... Der Service hier ...", murrt Tomme, aber ich sehe sein Lächeln, als er sich die Tüte schnappt und mir zum Ausgang folgt.

„Hung ist echt nicht für die Gastronomie gemacht", urteilt er, als wir draußen sind.

Ich schmunzele. „Ich schätze, deswegen macht er dieses Doktorat in Finance."

„Ja ..." Tomme schaut über seine Schulter zurück zu dem Lokal, das wir gerade verlassen haben. „Mit der Attitüde bleibt ihm echt nichts anderes übrig."

Unsere Blicke treffen sich und wir müssen beide lachen.

„Er ist ein guter Freund", sage ich, nachdem wir uns wieder eingekriegt haben. „Ich bin froh, dass er wieder in der Stadt ist. Zumindest für eine Weile."

„Ja", gibt Tomme zu, während er neben mir den Gehsteig entlang läuft. „Ich find's auch ganz gut."

Eine kurze Pause stellt sich zwischen uns ein.

„Er hat mich gestern heimgebracht, weißt du?", fährt er dann fort. „Ich war völlig erledigt, als du aus dem Club gestürmt bist. Und als ich dann zu Hause war und du auch dort nicht warst ..." Er sieht mich an. „Ich war ... echt erbärmlich drauf, irgendwie." Er schüttelt den Kopf. „Und ich glaube, ich habe dich um die hundert Mal angerufen. Das tut mir auch leid."

„Ich habe bei Wiebke übernachtet", erkläre ich ihm. „Und du hast nur dreimal angerufen."

„Ich *wollte* hundert Mal anrufen." Er schluckt.

113

„Wenn Hung nicht auf mich eingeredet und mich beruhigt hätte, hätte ich es auch getan", gesteht er mir.

Ich nicke. „Weil du betrunken warst?"

„Nein." Er fährt sich mit der freien Hand durchs Haar.

„Weil du dir Sorgen gemacht hast?", rate ich.

„Nein." Er holt Luft und bleibt stehen.

Ich halte ebenfalls an.

„Es war, weil ..." Er schließt die Augen. Ich kenne den Ausdruck. Es ist der, den man hat, wenn man etwas ausspuckt, dass man schon viel zu lange mit sich herumträgt. Wenn man einen Stein von seiner Seele rollt. „Weil ich eifersüchtig war, Fio."

Ich schaue ihn an, warte, bis er wieder die Lider aufschlägt, hinter denen so viel Chaos herrscht.

„Eifersüchtig?", wiederhole ich und mein Mund ist mit einem Mal seltsam trocken. Die nächsten Worte bringe ich kaum heraus. „Auf Adrian?"

Tomme nickt, dann schüttelt er den Kopf. „Auf ihn und ... auf all die anderen."

Ich befeuchte meine Lippen. „Welche anderen?"

Tomme lässt sich wieder Zeit mit seiner Antwort und mein Herz pocht so laut, dass ich die nächsten Worte, die er spricht, kaum höre.

„Auf Peter." Er fasst in sein Haar, verknotet sich fast in seinen Locken. „Auf Sebastian und Lorenz und den Typen davor."

Ich halte die Luft an.

Er kann unmöglich meinen, was er da sagt.

„Aber das sind ..." Ich schlucke. Ich schlucke, obwohl es nichts zu schlucken gibt. Mein Mund ist staubtrocken, eine regelrechte Wüste. „Das sind meine Ex-Freunde."

Er nickt.

Er nickt einfach nur.

Als hätte er nicht gerade etwas gestanden, dass ich in meinen wildesten Träumen nicht erwartet hätte.

All die Zeit ... All die Jahre, in denen ich ihn in anderen Jungs und Männern gesucht habe. All die Jahre, in denen ich neidisch beobachtet hatte, wie er andere Mädchen und Frauen datete. All die Jahre, in denen ich versucht habe, ihn mir aus dem Kopf zu schlagen. In denen ich mir sicher war, dass er nicht so empfand wie ich. In denen ich überzeugt war, dass da nie etwas sein könnte.

Die ganze Zeit ... hatte er Eifersucht empfunden?

Ich weiß nicht, ob ich weinen oder jubeln soll.

Was bedeutet das? Was bedeutet das für uns?

„Warum ...?", artikuliere ich das Chaos in meinem Kopf.

„Ich ..." Er stellt die Tüte mit dem Essen auf dem Bordstein ab und macht ein paar Schritte auf mich zu. „Ich dachte, es darf nicht sein. Ich dachte, wenn ich dem nachgebe ... wenn du es nicht genauso sehr willst oder ... wenn es nicht hält ..." Seine Stimme bebt. „Ich dachte, es würde einfach alles zerstören."

Ich blinzele und merke im selben Moment, dass mir längst Tränen über die Wangen rinnen.

„Und so", schluchze ich. „So hat es eben nur mich zerstört." Ich schaue auf den Boden.

Tomme hebt sachte mein Kinn an, damit ich ihn wieder ansehe, damit ich wieder in diese Augen blicke, die mich einfach mitreißen in ihren Strudel aus Gefühlen.

„Mich hat es auch zerstört", haucht er nah an meinen Lippen. „Uns beide."

„Jeden für sich", flüstere ich.

„Aber nicht unsere Freundschaft", murmelt Tomme, sein Mund so nah an meinem, dass wir uns fast küssen.

Ich spüre seinen warmen Atem. Spüre die Nähe, nach der ich mich so lange gesehnt habe. Nur jetzt gerade, ist sie unerträglich. Das ist der Moment, in dem ich Abstand zwischen uns bringe.

„Nein", sage ich, meine Stimme tränendick. „Es war nie eine Freundschaft."

Ich kann ihm nicht mehr ins Gesicht sehen.

„Es war schon immer etwas anderes. Es war schon immer mehr." Ich wische mir über das nasse Gesicht. „Und wir haben es im Keim erstickt."

Tomme streckt die Arme nach mir aus, will mich greifen und wieder an sich ziehen, aber ich weiche zurück.

„Nein, bitte, ich..." Ich schüttele den Kopf so heftig, dass einzelne Strähnen an meinen feuchten Wangen kleben bleiben. „Ich kann das gerade nicht."

Und mit diesen Worten laufe ich davon, weg von Tomme und weg von dem Tumult hinter seinen braunen Augen.

15 – Erwartungen

Ich renne so schnell ich kann und so lange, bis es mir in den Seiten sticht. Alles, woran ich denken kann, ist, dass ich vor Tomme an der Wohnung sein muss.

Ich muss meine Sachen holen und verschwinden.

Schwer atmend erreiche ich das Haus, stürze durch die Tür und in die Wohnung. Ich halte mich nicht daran auf, die Schuhe auszuziehen, sondern stürme direkt ins Wohnzimmer. Dass ich vorhin aufgeräumt und meinen ganzen Kram in die Reisetasche gestopft habe, war das Beste, was ich hätte machen können.

Ich nehme das große Gepäckstück, schnappe mir den Kosmetikbeutel aus dem Bad und lese im Flur noch meine Kameratasche auf, dann bin ich aus der Tür.

Alles, was jetzt noch von mir in dieser Wohnung ist, hole ich irgendwann ab. Oder niemals.

Es ist mir beinahe gleichgültig.

Ich gehe zur nächsten Haltestelle und muss glücklicherweise nicht lange auf den Bus in die richtige Richtung warten. Ich fahre zu Wiebke, auch wenn sie gesagt hat, dass ich nicht noch mal bei ihr untertauchen kann.

Sie ist der einzige Mensch, den ich jetzt noch habe.

Die einzige Person, der ich jetzt noch vertraue.

Als sie mich vollgepackt vor ihrer Tür stehen sieht, ist sie drauf und dran, mich wegzuschicken. Aber als sie in meine verheulten Augen schaut, zerrt sie mich regelrecht zu sich in die Wohnung.

„Oh, Gott, Fio!" Sie nimmt mir die Taschen ab, wie man Ornamente von einem Weihnachtsbaum nimmt. Sorgsam und liebevoll. „Was ist passiert?"

Ich kann ihr nicht antworten. Ich falle ihr einfach in die ausgebreiteten Arme.

„Habt ihr geredet?", fragt sie vorsichtig.

Ich nicke und vergrabe mein Gesicht in ihrer Halsbeuge.

„Hat er dir gesagt, dass er genauso fühlt?" Sie tätschelt mir den Kopf. „Schon immer?"

„Was?" Ich schniefe und richte mich auf. „Du wusstest es? Er hat es dir gesagt?"

„Nein." Sie schüttelt den Kopf. „Er hat immer darauf beharrt, dass er dich als Freundin sieht." Sie legt einen Arm um mich und führt mich ins Wohnzimmer. „Aber du weißt ja, ich habe es vermutet. Deswegen habe ich ihn immer wieder damit aufgezogen. Ich wollte ihn aus der Reserve locken."

Ich nicke, erinnere mich an die vielen Gelegenheiten, bei denen Wiebke zweideutige Witze über Tomme und mich gemacht hat. Ich habe es immer für Neckereien gehalten. Habe es immer ernst genommen, dass Tomme ihr so vehement widersprochen hat.

„Du bist geschockt, oder?" Sie sieht mich aus ihren Augen an, die denen von Tomme so schmerzhaft ähnlich sind.

Ich schaue auf meine Hände.

„Ja", gebe ich zu. „Ich kann nicht glauben, dass er ..." Ich ringe mit den Worten, während ich mich aufs Sofa sinken lasse. „Ich meine ... Die ganze Zeit!"

Meine Stimme wird ein Flüstern.

„Die ganze Zeit, die wir hätten haben können."

„Denk darüber nicht nach." Wiebke setzt sich neben mich und legt eine Hand auf meine. „Das bringt doch jetzt nichts. Er war jung und dumm." Sie schnaubt. „Ich meine, er ist es im Grunde immer noch." Sie überlegt kurz. „Vor allem dumm."

Ich schüttele den Kopf. „Nein, ist er nicht."

Sie seufzt. „Nein, ist er tatsächlich nicht. Leider."

Einen Moment schweigen wir beide.

„Er ist überfordert, weißt du", sagt sie dann. „Er hat ziemlich viele, ziemlich große Gefühle für dich."

Ich nicke langsam.

„Genau wie du für ihn." Sie streicht sachte über meinen Unterarm.

Für einen kurzen Moment traue ich mich doch wieder, ihr in die Augen zu sehen. „Was mache ich jetzt?", frage ich sie. Bittend. Flehend. „Wie geht es jetzt weiter?"

Sie seufzt. „Das kannst nur du entscheiden, Fio." Sie lächelt. Gütig. Schwesterlich. „Lass es erst einmal sacken. Ruh dich aus." Sie verdreht die Augen. „Wie es der Zufall so will, habe ich das Schlafsofa noch nicht umgebaut, also kannst du dich noch einmal hier breitmachen." Sie drückt meine Hand. „Ausnahmsweise."

„Danke." Der Kloß in meinem Hals ist fast zu dick, um dagegen anzusprechen. „Darf ich dich um noch einen Gefallen bitten?"

„Wie? Noch einen?", fragt sie übertrieben dramatisch. „Na gut!"

„Kannst du ..." Ich räuspere mich. „Kannst du Tomme sagen, dass ich hier bin?"

Sie sieht mich lange an. „Okay."

119

„Und, ähm, dass er nicht herkommen und mich nicht anrufen soll?", bitte ich sie.

„Geht klar." Sie steht auf und streicht mir über den Kopf. „Ich schreib ihm gleich. Brauchst du sonst noch etwas?"

Ich schüttele den Kopf.

„Gut, dann leg dich doch schon einmal hin. Ich bringe dir gleich dein Bettzeug." Mit diesen Worten verlässt sie den Raum.

Ich habe mich kaum auf die Seite gelegt, als mich eine bleierne Müdigkeit überfällt. Noch bevor Wiebke mit Kissen und Decke zurückgekehrt ist, schlafe ich ein.

„Ma, das geht nicht. Er kann nicht mitkommen."

Wiebkes gedämpfte Stimme dringt wie durch Watte zu mir durch.

„Ich weiß, wir hatten das so verabredet, aber Tomme hat's echt verkackt", zischt sie. „Er hat gegenüber Fiona eine Bombe platzen lassen. Sie ist völlig am Ende."

Ich höre keine zweite Person und realisiere, während ich mich auf dem Sofa aufrichte, dass Wiebke wohl am Telefon spricht. Mit ihrer Mutter. Mit Tommes Mutter.

Oh Mann.

„Ja, klar, was glaubst du denn?" Wiebkes Ton ist ziemlich energisch. „Entschuldige, ja, natürlich kannst du nichts dafür. Sorry, ich wollte dich nicht anschnauzen." Sie pausiert. „Ma, ihr Herz ist gebrochen. Du hättest sie sehen sollen. Stell dir das doch mal vor, er hat sie die ganze Zeit glauben lassen, dass er nicht so für sie empfindet." Wieder herrscht Ruhe, während Sylvia am anderen Ende der Leitung spricht. „Nein, sie können jetzt nicht einfach zusammen sein ... Na, weil das einfach nicht so läuft!"

Ich höre Wiebke auf dem Flur hin und her laufen.

„Das sind fünfzehn Jahre aufgestaute Gefühle oder so. Das sind vier verkorkste Beziehungen. Fiona hat einen verdammten Heiratsantrag abgelehnt!" Sie gibt einen genervten Laut von sich. „Ja, natürlich wegen Tomme! Was denkst du denn?" Die Schritte werden schneller. „Ma, sie liebt ihn. Natürlich liebt sie ihn. Niemand heult so viel, wenn keine Liebe im Spiel ist."

Sie holt tief Luft. „Fiona braucht jetzt einfach Zeit. Sie will ihn gerade nicht sehen und das ist nun mal ihre verdammte Entscheidung. Das kann man ihr doch zugestehen nach so einem Drama, oder?"

Ich höre etwas, das verdächtig nach einem Schlag gegen eine Wand klingt.

„Wenn du es ihm nicht sagen willst, dann erkläre ich's ihm eben. Kein Problem. Ich habe noch jede Menge anderen Kram, den ich dem Kerl gern sagen würde." Eine Schranktür öffnet und schließt sich. „Ja, klar, fahre ich hin. Dieses Telegramm überbringe ich persönlich." Schlüssel klirren. „Okay, dann nicht. Dann sag du's ihm. Aber tu es auch wirklich, ja? Wenn ich unseren Flower Boy heute auf dem Bauernmarkt sehe, garantiere ich für gar nichts."

Wieder ein Klirren.

Wieder eine Schranktür.

„Ich weiß, dass er mein Bruder ist, aber sie ist meine Freundin und sie ist zu mir gekommen, weil sie mich braucht. Ich lasse sie jetzt nicht hängen, auch nicht für deinen Lieblingssohn." Die Stimme kommt näher, ganz so, als würde sich Wiebke auf die Wohnzimmertür zubewegen. „Ich weiß, dass sie für dich wie eine zweite Tochter ist. Ja, ich sag ihr, dass du das gesagt hast. Ich muss jetzt auflegen, Ma. Ja, bis später." Sie wiederholt die Verabschiedung noch mehrere Male. „Hab dich auch lieb! Mach's gut."

121

„Uff", kommt es leise von der anderen Seite der Tür. „Das wird noch was." Wiebke klopft sachte an. „Fio, bist du schon wach? Kann ich reinkommen?"

Ich brauche zwei Anläufe, um das gekrächzte Ja hervorzubringen. Aber sie hört es und tritt ein.

„Hey!" Sie hält eine dampfende Tasse in den Händen, die sie vor mir auf den Couchtisch stellt. „Wie geht's dir heute Morgen? Hast du einigermaßen schlafen können?"

Ich nicke und beuge mich nach vorn, um mir den Kaffee vom Tisch zu stibitzen. Schnell nehme ich ein paar noch viel zu heiße Schlucke, doch es hilft, um meine trockene Kehle zum Reden zu bringen.

„Ich habe gut geschlafen", sage ich. „Danke."

Wiebke nickt und setzt sich neben mich. „Pass auf, Ma und ich wollten heute den Familienbrunch gegen einen Besuch auf dem Bauernmarkt tauschen." Sie sieht mich eindringlich an. „Keine Sorge, Tomme ist ausgeladen! Wir hassen ihn heute, machen uns aber trotzdem einen schönen Tag." Sie grinst. „Wie klingt das?"

Ich lächele. „Gut, denke ich." Ich nehme noch einen Schluck von meinem Heißgetränk. „Aber ihr müsst ihn echt nicht ausschließen wegen mir." Ich schüttele traurig den Kopf. „Ich kann einfach hierbleiben und ihr macht das ... als Familie."

„Ach, papperlapapp!" Wiebke winkt ab. „Familie wird überbewertet." Sie schmunzelt und legt einen Arm um meine Schultern. „Du bist außerdem sowieso viel cooler als mein Bruder." Sie zieht mich in eine Umarmung.

Ich weiß Wiebkes Herzlichkeit sehr zu schätzen. Als jemand, der den Kontakt zu seinen eigenen Eltern weitestgehend abgebrochen hat, bedeutet es mir unglaublich viel, dass sie mich so in ihr Familienleben integriert.

Die Jansens haben ein richtig enges und liebevolles Verhältnis zueinander. Selbst der Kontakt zu Tomme und Wiebkes Vater ist trotz Scheidung und großer Entfernung richtig gut. Sogar Sylvia telefoniert regelmäßig mit ihrem Ex-Mann und ihren ehemaligen Schwiegereltern – einfach so!

Ich weiß gar nicht, wie man so etwas bewerkstelligt. Wie man sich trotz verschiedener Erwartungen und Erfahrungen zu so einem harmonischen Haufen zusammenrauft.

Ich beneide sie darum und habe gleichzeitig großes Glück, dass sie mich daran teilhaben lassen.

„Komm!" Wiebke klopft mir auf die Schulter. „Trink deinen Kaffee und zieh dir irgendwas an. Wir frühstücken, wenn wir dort sind. Da gibt's einen begnadeten Bäcker auf diesem Markt!"

„Okay." Ich lächele in meine Tasse.

„Perfekt. Ich werfe mich auch noch schnell in Schale." Sie streckt sich und springt vom Sofa auf. „Oder soll ich so bleiben?" Wiebke streicht über ihren Bademantel, als wäre er nicht aus Frottee, sondern aus teurem Pelz.

„Du kannst alles tragen", sage ich zu ihr.

„Stimmt." Sie grinst. „Aber ich kann nicht immer alle anderen in den Schatten stellen. Sonst mag mich am Ende niemand mehr." Kichernd hüpft sie aus dem Raum und ich schaue ihr, halb gerührt, halb belustigt, hinterher.

16 – Enttäuschungen

Es ist unerwartet kühl, als wir den Marktplatz erreichen. Die Sonne hat es noch nicht über den Rathausturm geschafft und etwa die Hälfte der Stände liegt im Schatten. Ich schließe die Knöpfe an meiner dünnen Strickjacke.

„Also holen wir uns erst einmal etwas beim Bio-Bäcker?", schlägt Sylvia vor, die zwischenzeitlich zu Wiebke und mir gestoßen ist.

Mein Nicken wird prompt von einem laut vernehmlichen Knurren meines Magens bestätigt.

„Oh, arme, hungrige Fio!" Wiebke hakt sich bei mir unter. Sie zieht mich in Richtung einer Marktbude, aus der es einfach wundervoll duftet. „Die haben tolle Hörnchen, habe ich gehört."

Mir läuft das Wasser im Mund zusammen.

Gestern hatte ich vor lauter Gefühlschaos nichts zu Abend gegessen und heute hatte es erst eine Tasse Kaffee gegeben. Höchste Zeit für etwas Handfestes!

Wir stellen uns an und kommen glücklicherweise recht schnell dran. Mit je einem Hörnchen und einer prallvollen Bäckereitüte in Sylvias Einkaufskorb setzen wir unsere Runde über den Bauernmarkt fort.

Jede Auslage bietet andere regionale Produkte an.

„Sucht ihr eigentlich etwas Bestimmtes?", frage ich Wiebke und ihre Mutter zwischen zwei Bissen meines Frühstücks.

Meine Freundin schüttelt ihren Kopf.

„Ich möchte ein paar Erdbeeren kaufen", sagt Sylvia. „Und vielleicht Spargel, wenn es noch welchen gibt."

Die Spargelsaison würde demnächst enden, das hatte ich erst neulich bei dem Besuch auf dem Bio-Bauernhof aufgeschnappt. Kurz nach der Sommersonnenwende würde man das Gemüse beinahe nirgendwo mehr bekommen.

Heute sollten wir allerdings noch Glück haben.

Ich schaue mich suchend nach den Kisten mit den grünen und weißen Stangen um. Stattdessen entdecke ich aber etwas ganz anderes: einen großen, schwarzen Vierbeiner, der direkt auf mich zu rennt.

„Nero?" Ich verschlucke mich fast an meinem Hörnchen. „Nero, nein! Stopp! Aus!"

Alle meine Rufe nützen nichts, denn im nächsten Moment liege ich unter vierzig Kilo Bauernhof-Hund begraben. Begeistert leckt er mir über das Gesicht, bevor er mit einem Happs die Reste meines Frühstücks vertilgt.

Wiebke und Sylvia stehen mit einer Mischung aus Schock und Belustigung neben mir.

„Bist du okay, Flo?", fragt Wiebke.

Ehrlicherweise bin ich es nicht.

Der Boden des Marktplatzes ist im wahrsten Sinne ein härteres Pflaster als der Schotter, auf dem mich Nero beim letzten Mal überfallen hat. Ich bin zwar nicht mit dem Kopf aufgeschlagen, aber ich vermute, dass ich an Oberschenkeln und Rücken den einen oder anderen blauen Fleck davontragen werde. Bevor ich aber irgendetwas davon aussprechen kann, höre ich eine Stimme über den Marktplatz schallen.

„Nero!", zetert Dirk Weber. „Komm sofort zurück! Was machst du denn wieder?"

Kurz darauf ist der ältere Herr bei mir.

„Oh, Sie sind es, Frau Jovic." Der Erdbeerbauer blinzelt überrascht, als er seinen Hund von mir herunter hebt. „Das tut mir jetzt aber leid."

„Auch schön, Sie wiederzusehen, Herr Weber." Ich rappele mich vom Boden auf. „Sie haben hier also auch einen Stand?" Ich klopfe mir Schmutz und Hundehaare von meinen Klamotten. Wenigstens habe ich mir dieses Mal keine Schürfwunden zugezogen.

„Ja." Er nimmt Nero an die Leine. „Kommen Sie gleich mal mit, ich gebe Ihnen eine Erdbeerbowle aus. Als kleine Wiedergutmachung." Er zwinkert mir und meinen beiden Begleiterinnen zu.

„Oh." Sylvia kichert. „Ist es für Alkohol nicht noch ein wenig zu früh?"

„Da ist nur ein bisschen Sekt drin", erklärt Herr Weber und bedeutet uns, ihm zu folgen.

Wir gehen an etlichen Ständen vorbei. Die Blicke der Aussteller folgen uns ein wenig argwöhnisch. Vor allem dem großen, schwarzen Hund in unserer Mitte.

Ich bekomme den Eindruck, dass ich nicht die einzige Nero-Geschädigte auf diesem Markt bin.

„Geht's dir wirklich gut?", erkundigt sich Wiebke, der wohl ein ähnlicher Gedanke durch den Kopf gegangen ist.

„Ja, alles in Ordnung." Ich reibe mir über den Rücken. „Wird schon nichts gebrochen sein."

„Na, das wollen wir mal hoffen!" Sie schüttelt den Kopf. „Und, wehe, diese Bowle taugt nichts!"

Ich murmele eine Zustimmung. Der Stand von Dirk Weber kommt gerade in Sicht, als ich erstarre.

Zwei Gestalten stehen vor den Kisten mit Erdbeeren und ich erkenne sie sofort: meine Eltern.

„Oh, fuck", flucht Wiebke leise. „Auch die noch."

Ich brauche einen Moment, ehe ich meinen Körper dazu überreden kann weiterzugehen. „I-Ist schon gut", stammele ich. „Das ist nicht schlimm."

„Sicher?", meine Freundin mustert mich skeptisch.

„Ja." Ich nehme unwillkürlich Haltung an. „Ja, ich schaff das schon." Wie um es mir selbst zu beweisen, gehe ich besonders zügig auf den Stand zu, wo Sylvia schon steht und sich eine Bowle einschenken lässt. Sie scheint meine Mutter und meinen Vater noch nicht bemerkt zu haben.

„So, Frau Jovic, auch ein Glas?", fragt mich Herr Weber, als ich zu Ihnen stoße.

Ich antworte im selben Moment, in dem sich auch meine Mutter angesprochen fühlt.

Unsere Blicke begegnen sich.

„Fiona", flüstert sie und ein zaghaftes Lächeln breitet sich auf ihrem Gesicht aus.

„Hallo Mama", sage ich, aber es ist kaum mehr als ein Hauchen.

„Ach, Sie sind ja mit der ganzen Familie da!", freut sich Herr Weber und strahlt meine Mutter und meinen Vater, der mich genau in diesem Moment bemerkt, an.

„Fiona." Er nickt mir zu, nicht die Spur einer Emotion auf seinem Gesicht.

„Papa." Ich hatte *Vater* oder *Gregor* sagen wollen, aber etwas an ihm wirft mich immer wieder in meinen Kleines-Mädchen-Modus zurück. Als wäre ich ihm mit fünfundzwanzig Jahren noch immer nicht gewachsen.

„Dann greifen Sie mal alle zu!" Dirk Weber reicht ein Tablett mit Bechern herum.

„Erntefrische Erdbeeren, unser hausgemachter Erd-
beersirup, Sekt und Mineralwasser!", listet er die Zutaten des
blassrosa Getränks auf. „Das ist eine richtige Erfrischung,
sage ich Ihnen!"

Alle nehmen sich einen Becher und bedanken sich.

Selbst mein Vater kann sich zu einem Lächeln durch-
ringen. Herr Weber missversteht die Gefühlsregung.

„Hat Ihre Tochter es Ihnen schon erzählt, Herr Jovic?",
fragt er meinen Vater. „Demnächst macht sie ein Foto-
shooting für so eine große Modehaus-Kampagne. Bei mir auf
dem Hof! Ist das denn zu fassen?"

„So?" Gregor Jovic sieht mich an. „Eine Kampagne für
ein Modehaus?"

Es ist der vielleicht größte Auftrag meiner bisherigen
Karriere und trotzdem klingt es klein aus dem Mund meines
Vaters. Ich schaue betreten zu Boden.

„Nein, das hat sie mir nicht erzählt", beantwortet er die
Frage des Erdbeerbauern. „Aber das ist ja sehr erfreulich.
Mal etwas anderes als Hochzeiten und Taufen und andere ..."
Er überlegt und wählt das nächste Wort ganz bewusst.
„... *private* Festlichkeiten."

Ich trinke meine Bowle in einem Zug aus und reiche
Herrn Weber den leeren Becher zum Entsorgen.

„Ja, genau", sage ich an meinen Vater gewandt. „Es ist
ein spannender Auftrag."

Er schnalzt mit der Zunge. „Hoffentlich auch lukrativ."

„Na sicher doch", gebe ich zurück.

„Schätzchen", meine Mutter ist plötzlich neben mir,
„erzähl mal, was ist sonst noch los bei dir? Wie geht es Peter?"

Ich beiße mir auf die Lippe.

Meine Mutter ist genauso oberflächlich wie mein Vater,
aber sie ist nicht gemein.

Deswegen tut es mir bei ihr viel mehr leid, wenn ich ihren Erwartungen nicht entspreche.

„Wir haben uns getrennt", gestehe ich.

„Oh. Das ist aber schade." Die Enttäuschung steht ihr ins Gesicht geschrieben.

Mein Vater schnaubt. „Was hast du erwartet, Britta? Dass sie sich wirklich einen Mann mit einem anständigen Beruf aussucht?" Er schaut auf seine Uhr, als hätte er gleich noch einen wichtigen Termin. „Dass sie bei dem nicht bleibt, war doch eigentlich schon klar, als sich der Junge fürs Ingenieurstudium entschieden hat."

„Aber ..." Meine Mutter denkt nach. „Ihr habt doch zusammen gelebt. Wo wohnst du jetzt?"

Ich räuspere mich. „Vorübergehend bei Tomme und ..." Ich deute auf Wiebke und Sylvia, die ein paar Schritte entfernt stehen. „... und seiner Familie."

„Der Florist. Natürlich." Die Bemerkung ist leise, aber Gregor Jovic gelingt es trotzdem, seine ganze Missachtung in diese drei Worte zu legen. „Wegen diesem Hippie ist sie auch damals davongelaufen und hat sich diese Flausen mit der Fotografie in den Kopf gesetzt."

In mir beginnt es zu brodeln. „Das waren keine Flausen. Ich habe eine Berufsausbildung gemacht", stelle ich klar.

„Zur Fotografin", mein Vater rümpft die Nase. „Das ist keine Ausbildung, das ist Zeitverschwendung."

„Deswegen hast du mich auch rausgeworfen, oder?", gifte ich ihn an und dieses Mal ist es laut genug, dass es auch die Umstehenden hören könnten. „Denn davongelaufen bin ich sicher nicht."

Seine Augen verengen sich zu Schlitzen. „Du hättest bleiben und das Abitur machen können. Dann ein Jura-Studium. So wie es geplant war."

Ich lache auf. „So wie es *von euch* geplant war."

„Wer plant sonst das Leben eines Kindes, wenn nicht die Eltern?" Er zuckt mit den Schultern. „Es war alles für dich vorbereitet. Wir haben dir alles ermöglicht."

„Außer meine eigenen Entscheidungen zu treffen", murmele ich.

Mein Vater tritt hinter meine Mutter, die dem ganzen Schlagabtausch mit einem Ausdruck der Überforderung verfolgt. „Komm, Britta." Er legt ihr eine Hand auf den Rücken, um sie zum nächsten Stand zu schieben. „Wir sind hier fertig. Die Schlagfertigkeit dieser Göre wäre besser in einem Gerichtssaal aufgehoben gewesen." Er lächelt, wie es nur Menschen tun, die es gewohnt sind, im Recht zu sein. „Danke für das Getränk, Herr Weber!", ruft er über die Schulter und lässt mich einfach stehen.

Kaum dass meine Eltern weg sind, spüre ich Wiebke an meiner Seite.

„Alles okay?", fragt sie mich. „Das sah noch übler aus als der Sturz vorhin."

Ich nicke. „Passt schon." Ein Schaudern geht durch meinen Körper, als würde er versuchen, die Begegnung von eben abzustreifen. „Wir haben uns nur auf den neusten Stand gebracht."

„Und?", fragt Wiebke. „Was gibt's Neues?"

„Ich bin Single und auch sonst eine Enttäuschung", antworte ich nüchtern. „Und dein Bruder ist ein Hippie, der Anwaltstöchter vom rechten Weg abbringt."

„Wow." Sie nippt an ihrer Bowle. „Sag ihm das bloß nie. Das steigt ihm noch zu Kopf."

„Keine Sorge." Ich seufze, weil mir beim Gedanken an Tomme wieder schwer ums Herz wird. „Von mir wird er es nicht erfahren."

17 – Chancen

„So ein Mist", fluche ich am Montagmorgen, während meine ganzen Habseligkeiten vor mir auf Wiebkes Sofa ausgebreitet liegen. „Er ist nicht da."

„Wer ist nicht da?", fragt meine Freundin, die gerade im Nachthemd ins Wohnzimmer kommt.

„Mein Laptop", murre ich. „Der muss noch in Tommes Wohnung sein."

„Oh", macht sie, die Kaffeetasse auf halbem Weg zum Mund. „Soll ich ihn holen?"

„Du? Nein!" Ich schüttele den Kopf. „Du musst doch zur Arbeit. Ich überlege mir was."

„Sicher?", fragt sie, ehe sie das Wohnzimmer wieder verlässt. „Ich könnte noch bei ihm vorbeischauen."

Ich bleibe dabei. „Nein, ich regele das schon selbst. Ich kriege das hin."

Ich checke die Uhrzeit auf meinem Smartphone. Um spätestens halb elf möchte ich in Buchingen im Co-Working-Space sein, um meinen Termin mit Adrian einzuhalten. Von Wiebkes Wohnung bis zu meinem angemieteten Büro im Nachbarort brauche ich ungefähr vierzig Minuten mit dem Bus. Zu Tommes Apartment sind es noch mal fünfzehn Minuten in die entgegengesetzte Richtung.

Ohne den Komfort eines Freundes mit eigenem Auto sind diese ganzen kurzen Strecken eine ziemlich große Sache. Es ist noch nicht einmal neun Uhr und eigentlich muss ich mich jetzt schon ranhalten, wenn ich meinen Laptop selbst abholen will.

Ich krame ein paar Klamotten hervor, die für einen Tag im Büro geeignet sind. Dann warte ich kurz, bis Wiebke fertig ist, und gehe nach ihr ins Bad. Als Frühstück schnappe ich mir einen Müsliriegel, bevor ich aus der Wohnung hechte, um noch den nächsten Bus zu erwischen.

Eigentlich wollte ich Tommes Ersatzschlüssel nicht mehr benutzen. Ich hatte vor, ihn bei Wiebke zu lassen, sodass sie ihn wieder für ihren Bruder verwahren kann. Aber heute benutze ich ihn noch ein letztes Mal.

Es wäre unsinnig, das Gespräch mit Tomme zu suchen, um so eine Banalität wie das Abholen meines Laptops abzustimmen. Wir hatten ganz andere Dinge zu besprechen.

Und ich weiß nicht, ob ich dafür schon bereit bin.

Ob er dafür bereit ist. Ob *wir* es sind.

Also entriegele ich noch einmal die Tür seines Mietshauses und die zu seiner Wohnung. Ich habe nicht darauf geachtet, ob sein Wagen noch vor der Tür parkt, aber er müsste jetzt in seinem Laden in Buchingen sein. Die Geschäftszeiten hatten längst angefangen.

Ich gebe mir keine Mühe, besonders leise zu sein. Ich trete kurz meine Füße ab, dann laufe ich den Gang entlang in die Wohnküche. Wie erwartet lehnt die Laptoptasche samt Inhalt an der Wand neben dem Sofa. Ich gehe darauf zu, versuche zu ignorieren, dass auf dem Polstermöbel noch meine Bettwäsche liegt. Als würde Tomme darauf warten, dass ich zurückkomme.

„Fiona?"

Ich erstarre, als ich seine verschlafene Stimme hinter mir höre. Wie in Zeitlupe drehe ich mich um.

„Tomme?" Meine Stimme klingt ertappt und irgendwie schrill. Ein perfekter Spiegel meines Inneren. „W-Was machst du hier? Solltest du nicht auf der Arbeit sein?"

Er scheint sich nicht darum zu kümmern, dass ich seine Anwesenheit in seiner eigenen Wohnung infrage stelle.

„Ich hatte gestern Abend ein Event", erklärt er gähnend. „Musste noch nachts die Location räumen und nach dem Abbau ist es echt spät geworden, also betreut Mas Aushilfe heute den Laden."

„Oh, okay" Ich stehe unschlüssig im Raum. Nehme ich jetzt einfach meine Laptoptasche und verschwinde wieder?

Nein, das kann ich nicht bringen.

Aber ... Was mache ich dann?

„Was machst du hier, Fio?", fällt es jetzt Tomme ein zu fragen.

„Ich ..." Ich überlege, was ich sagen soll, und entscheide mich für die Wahrheit. „Ich bin auf dem Weg zum Co-Working-Space und habe festgestellt, dass mein Laptop noch hier ist."

„Oh." Tomme klingt enttäuscht.

Ich hasse es, ihn zu enttäuschen.

Aber ich kann ihm gerade nichts anderes bieten.

„Okay, dann ..." Er fährt sich durch die Haare. „Dann lass dich nicht aufhalten." Er deutet auf die Tasche, als wollte er mir helfen, sie zu finden.

„Danke." Mein Herz pocht aufgeregt gegen meine Rippen, als ich die letzten Schritte gehe und mich nach meinem Laptop bücke. Schnell nehme ich die Tasche an mich. „Gut. Also dann ..." Ich versuche, genauso zügig an Tomme vorüberzugehen, aber er greift nach meiner Hand.

„Fiona, warte", flüstert er und es klingt wie ein Flehen.

Ein Flehen, das mir das Herz zerreißt.

Ich starre auf unsere Hände, auf die Finger, die sich berühren. Es ist, als würden von dort kleine Stromschläge durch meinen Körper schnellen. Und es ist nicht neu für mich, dass Tomme so etwas in mir auslöst. Aber jetzt da ich weiß, dass auch er noch etwas anderes als Freundschaft fühlt, kriegt die Berührung ein ganz neues Gewicht.

„Ich ..." Ich möchte ihm so viel sagen, aber nichts kommt heraus. Warum kommt nichts heraus?

„Fiona."

Klingt es schon immer so, wenn er meinen Namen sagt?

So sanft und gleichzeitig drängend?

Als wäre es das wichtigste Wort in seinem Wortschatz?

Mein Blick fliegt zu seinen Lippen, als er ihn wieder ausspricht.

„Ich denke nur an dich", flüstert er jetzt. „Immerzu."

„Ich ...", wieder versuche ich es und bringe doch keinen Satz hervor.

„Ich vermisse dich." Er hebt die andere Hand, um mir damit durchs Haar zu streichen. Sanft klemmt er eine verirrte Strähne hinter mein Ohr, so wie er es früher schon etliche Male getan hat. Aber es ist anders.

Jetzt ist alles anders.

„Ich auch", schaffe ich endlich zu sagen. „Ich vermisse dich auch." Die Worte klingen heiser. Roh und verzweifelt wie der schneller werdende Herzschlag in meiner Brust.

Tomme umfasst mein Gesicht und kommt einen kleinen Schritt näher. Dann noch einen. Und noch einen.

Ich weiche zurück und stoße mit meinen Oberschenkeln an die Sofalehne.

„Tomme." Ich weiß nicht, was ich zu ihm sagen will.

Will ich ihn aufhalten?

Will ich ihn auffordern, mich zu küssen?

Er sucht meinen Blick und wartet ab.

Er sucht in meinem Gesicht nach der Antwort auf die Fragen, die ich mir selbst stelle.

„Ich würde so gern ...", murmelt er und seine Augen fixieren meinen Mund. All die Emotionen, die ich in den letzten Tagen in seinem Blick gesehen habe, einigen sich auf eine: Sehnsucht.

„Ich auch", flüstere ich und sein Blick springt zu meinen Augen.

„Ja?", fragt er und ist dabei so nah, dass ich seinen Atem spüre.

Ich schlucke. „Ja."

Und dann küsst er mich.

Seine Lippen senken sich auf meine in einer unendlich sanften Berührung. Als würden sie mich nur kurz streicheln, nur kurz kosten wollen. Aber ich will mehr als nur Streicheleinheiten. So viel mehr.

Ich öffne meine Lippen und drücke meinen Mund fester gegen seinen. Ich will wissen, wie er schmeckt. Ich muss es einfach wissen.

Tomme seufzt oder stöhnt auf, als sich unsere Zungen begegnen. Welches Geräusch es auch immer ist, es ist der sinnlichste Klang, den ich je gehört habe.

Ich lasse die Laptoptasche fallen. Sie landet leise auf dem Wohnzimmerteppich und ich habe endlich beide Arme frei, um Tomme an mich zu ziehen.

Meine Finger krallen sich in das T-Shirt, das er trägt.

Seine Hände verlassen mein Gesicht, fahren meinen Nacken hinab und setzen ihre Reise über meine Wirbelsäule fort.

„Tomme", keuche ich, als sein Mund von meinen Lippen ablässt, um eine Reihe von Küssen auf meinen Hals zu hauchen. Mein Atem beschleunigt sich und mein Herz rast.

Ich bin verloren.

Verloren in diesem Moment, den ich schon tausende Male geträumt habe.

„Fiona", raunt Tomme nah an meinem Ohr und es bringt mich beinahe um den Verstand.

„Ich liebe dich." Die Worte fallen mir von den Lippen, ehe ich sie aufhalten kann.

Tomme hält inne und die Erkenntnis, was ich gerade gesagt habe, trifft mich wie ein Schwall kaltes Wasser.

„Nein", wispere ich und schlage die Hand vor den Mund.

„Fiona?" Tomme sieht mich an, sein Blick so ernüchtert wie meiner. „Was hast du da gerade gesagt?", fragt er rau.

„Nichts." Ich winde mich aus der Umarmung, in der er mich hält. „Nichts", wiederhole ich, als ich mich nach der Tasche bücke, wegen der ich hergekommen bin.

„Fiona!" Er ist mir auf den Fersen, als ich aus dem Zimmer stürme. „Hey, warte doch mal."

„Nichts", sage ich wieder, als ich hektisch die Wohnungstür öffne. „Das war ... nichts ... Okay?"

„Fiona, das war doch nicht nichts!", protestiert er und zwängt seinen Fuß in einen Turnschuh. „Hey, du ..."

Ich höre nicht mehr, was er noch sagt, denn da bin ich schon aus der Tür. Ich springe die Stufen vor dem Haus hinab und die Laptoptasche schlägt gegen meine Oberschenkel, während ich dem Bus entgegenrenne, den ich am Ende der Straße schon ums Eck biegen sehe.

„Nimm mich mit, nimm mich mit, nimm mich mit", flehe ich leise und treibe mich an, noch ein wenig schneller zu laufen.

Fast am Ende meiner Kräfte sehe ich, wie der Fahrer den Blinker setzt und die Türen öffnet. In letzter Sekunde stolpere ich in den Bus.

„Immer mit der Ruhe, junge Frau", schmunzelt der Mann am Steuer, während ich versuche, wieder zu Atem zu kommen.

Ich stecke mein Ticket, das ich schon bei der Fahrt zu Tomme gelöst habe, in den Entwerter und lasse mich in eine der vorderen Sitzreihen fallen.

Der Bus setzt sich in Bewegung und just in diesem Moment sehe ich Tomme die Straße hinunterrennen. In seinen Schlafshorts und zwei unterschiedlichen Schuhen.

Instinktiv ducke ich mich, sodass mich die Lehne meines Vordermanns verdeckt. Warum ist er mir nachgerannt?

Warum konnte er nicht einfach bleiben, wo er war?

Und vor allem: Warum konnte ich nicht einfach meine Klappe halten?

Falls wir je eine Chance gehabt hatten zu erforschen, was da genau zwischen uns ist, ohne dass Gefühle verletzt werden, dann hatte ich sie mit meinem Geständnis nun endgültig zunichtegemacht.

18 – Träume

Es kostet mich all meine Selbstbeherrschung, in der Besprechung mit Adrian nicht emotional zu werden.Während er gewohnt charmant ist und mit mir Punkt für Punkt unseres Vertrags durchgeht, überschlagen sich in mir die Gefühle.

Immer wieder erwische ich mich dabei, wie ich an meine Lippen taste. Wie ich mich an Tommes Kuss erinnere und mich nach seiner Berührung sehne.

Und immer wieder durchlebe ich den Moment, in dem ich ihm mein Innerstes offenbart habe. Einfach so.

Als könnte ich es mir leisten, auch noch den letzten Rest meiner Würde zu verlieren.

„Ich liebe dich.“

Wer sagt so etwas bei einem ersten Kuss?

Wie kann einem das überhaupt herausrutschen?

Hat man nicht so eine Art inneren Schutzmechanismus, um solche Wahrheiten nicht einfach so auszuplappern?

Ich könnte mich ohrfeigen.

Ich könnte heulen.

„Fiona?“ Adrian winkt mir von der anderen Seite des Tisches zu. „Noch dabei?“

„Ja! Ja, entschuldige!“ Ich erröte. „Ich ... ähm ... Brauche wohl noch einen Kaffee. Willst du auch einen?“

Adrian nickt und während wir in den Gemeinschaftsraum zur Kaffeemaschine gehen, ermahne ich mich innerlich, mich zusammenzureißen.

Dieser Termin war wichtig, verdammt noch mal!

„Hast du eigentlich vor, weiterhin das mit den Hochzeiten zu machen?", fragt Adrian, während er uns zwei Tassen unter die Maschine stellt. „Weil aus dieser Kampagne könnten sich für dich vielleicht ganz neue Aufträge, ganz neue Chancen ergeben."

Mein Finger erstarrt auf halbem Weg, den Knopf für schwarzen Kaffee zu drücken.

Ich kann nicht glauben, dass er gerade so lässig ausgesprochen hat, was ich mir seit Jahren wünsche.

„Ähm, also ..." Ich räuspere mich. Wie war das mit dem Zusammenreißen? „Diese Saison nehme ich auf jeden Fall noch mit", sage ich und hoffe, es klingt in Adrians Ohren so zuversichtlich wie in meinen. „Danach würde ich es von der Auftragslage abhängig machen."

Er nickt. „Klingt vernünftig."

Vernünftig. So hatte wirklich noch niemand meine Tätigkeit bezeichnet.

„Bist du den örtlich gebunden?", hakt er weiter nach. „Oder kämen für dich auch überregionale Einsätze infrage?"

„*Frag mich was Einfacheres!*", möchte ich schreien, aber stattdessen antworte ich: „Das würde ich von Fall zu Fall entscheiden."

Das klingt gut, oder?

Viel besser als: „*Ich weiß nicht, was aus mir und meinem besten Freund/meiner großen Liebe wird und ob ich ihn verliere, wenn ich diese enge Kleinstadt verlasse, um Karriere zu machen.*"

Aber genau das ist das Problem, nicht wahr?

Wie soll ich wissen, wo Tomme und ich als Paar stehen, wenn ich nicht einmal weiß, wo ich als Einzelne stehe?

Ich seufze.

Adrian lacht. „Sorry, ich will dich nicht mit Fragen bombardieren und ich weiß, den Vertrag durchzugehen, ist ermüdend, aber ..." Er nimmt seine Tasse aus der Maschine und nippt direkt daran. „Jetzt kommt der beste Teil!"

„Ach ja?" Ich bemühe mich um ein Lächeln. „Und der wäre?"

„Dein Honorar, Fiona." Er zwinkert mir zu und läuft wieder zurück in den Besprechungsraum.

„So viel? Für vier Shootings?" Wiebke fallen fast die Augen heraus, als ich ihr später von der Summe erzähle.

„Na ja, sie bezahlen mich nicht nur für die Arbeit vor Ort, sondern auch für die Rechte, um meine Fotos kommerziell nutzen zu dürfen." Ich halte mich an dem Weinglas fest, mit dem wir schon auf meinen Vertragsabschluss angestoßen haben. „Es ist eine ganz andere Sache, als Fotos für Privatleute zu machen."

„Das kann man wohl so sagen!" Wiebke prostet mir von der anderen Seite ihres Sofas zu. „Und was machst du mit der Kohle?"

Ich zucke mit den Schultern. „Eine Wohnung mieten? Equipment ersetzen oder neues kaufen? Vielleicht auch mal ein Auto leasen oder so?"

„Wo willst du denn hinziehen?", fragt Wiebke freudig. „Bleibst du hier in Fichtingen oder suchst du dir was drüben in Buchingen?"

Ich beiße mir auf die Lippe. „Ich ... Ich weiß noch nicht."

„Ist gerade nichts Gutes auf dem Markt?" Sie nippt an ihrem Glas.

„Nein, das ..." Ich weiche ihrem Blick aus. „Das ist es nicht." Ich räuspere mich und nehme all meinen Mut zusammen. „Adrian meinte, wenn ich das mit der Werbefotografie ernsthaft weiter verfolgen will, muss ich vielleicht offener sein." Ich zögere. „Auch für einen Ortswechsel."

Wiebke schürzt die Lippen. „Das klingt nach ... Großstadt."

Ich nicke.

„Weiß Tomme schon davon?" Sie schwenkt nachdenklich ihren Rotwein.

Ich schüttele den Kopf. „Nein, er weiß noch nichts."

Nichts.

Außer dass ich ihn liebe.

„Okay." Wiebke sieht mich lange an. „Versprich mir, dass du es ihm sagst."

So ernst, wie sie es sagt, kann ich gar nicht anders, als zu nicken. „Klar."

„Weißt du ..." Sie wird noch nachdenklicher. „Ich weiß, dass ihr früher immer darüber gesprochen habt, raus in die weite Welt zu gehen. Du und Tomme."

Ich nicke.

Auch ich muss oft daran denken.

Vor allem in letzter Zeit.

„Ich dachte immer, dass das der Traum von euch beiden war", sagt sie in Erinnerungen schwelgend. „Aber als Tomme nach der Scheidung von Ma und Dad nicht in die Nähe von Hamburg ziehen wollte ... Da dachte ich mir, vielleicht war es doch eher dein Traum und er hat einfach so ein bisschen mitgeträumt. Um dich nicht zu verlieren."

Ich starre sie an, während sie weiter spricht.

„Jetzt ist er hier." Wiebke nimmt einen Schluck Wein. „Er ist ganz und gar hier. Tomme hat seinen Laden."

Sie sieht mich an und seufzt. „Weißt du, ich glaube, es hat einen Grund, warum er mit Blumen und mit Pflanzen arbeitet. Er ist auch jemand, der Wurzeln schlägt."

Ich beiße mir auf die Zunge. Ich kann ihr nicht widersprechen, weil ich genauso denke. Und ich will Tomme nicht den Boden unter den Füßen wegreißen.

Ich will nicht, dass er wegen mir woanders ganz von vorne anfangen muss. Er hat hier die besten Bedingungen, um weiter zu wachsen.

„Was, wenn wir ..." Ich traue mich kaum, es laut auszusprechen, aber ich brauche ihren Rat. „Was wenn wir keine Lösung finden, die uns beiden guttut, obwohl wir ..."

Wiebkes Blick spiegelt den Schmerz, den ich bei dem Gedanken selber spüre. „Obwohl ihr euch liebt?"

Ich nicke.

Sie holt tief Luft und je länger sie zögert, ihren Gedanken auszusprechen, desto mehr befürchte ich, dass ich ihn eigentlich gar nicht hören will.

„Dann müsst ihr loslassen", sagt sie schließlich. „Wie Pusteblumen."

Tränen brennen in meinen Augen. Sie hat recht.

Sie hat so recht, aber was ...

„Was, wenn ich das nicht kann?", frage ich mit bebender Stimme.

Seit Jahren versuche ich, meine romantischen Gefühle für Tomme zurückzudrängen. Seit Jahren scheitere ich daran, sie endlich loszulassen, um etwas oder jemand anderem eine echte Chance zu geben.

Es erscheint mir einfach unmöglich. Ein Leben, in dem ich Tomme nicht nahe bin, ist quasi unvorstellbar.

„Fio." Wiebke rückt näher heran und legt einen Arm um mich. „Wenn es wirklich das ist, was du tun musst ..."

Ich schniefe. „Die Option gefällt mir nicht."

Mir das Herz herauszureißen, erscheint mir gerade einfacher und weniger schmerzvoll.

„Mir auch nicht." Sie drückt mich fest an sich. „Weißt du, was schon immer mein Traum war?"

Ich schüttele den Kopf, während die ersten Tränen von meinen Wimpern fallen.

„Ich wollte immer, dass du meine Schwester wirst", flüstert sie. „Und dann habe ich erfahren, dass das schwierig werden könnte, weil wir nicht dieselben Eltern haben."

Ich muss lachen, obwohl weiter Tränen über meine Wangen kullern.

„Aber dann", sie kichert, „dann ist mir aufgefallen, dass ich einen relativ gut aussehenden und einigermaßen netten Bruder in deinem Alter habe und dass eine realistische Chance besteht, dass du mal meine Schwägerin wirst und – ich weiß nicht, ob du es wusstest – das ist fast so gut wie eine Schwester."

„Ach ja?" Ich wische mir die Tränen mit dem Handrücken ab.

„Ja." Sie reibt mir über die Arme. „Und so sehr mir daran gelegen ist, dass du und Tomme, beziehungsweise jeder von euch für sich glücklich wird ..." Sie schüttelt den Kopf. „Ich weiß nicht, ich bin da einfach egoistisch. Ich bin noch nicht bereit, meinen Traum aufzugeben."

Ich lache auf. „Na toll! Danke! Das macht ja alles noch komplizierter!"

„Nein." Sie gibt mir einen Kuss auf die Wange. „Das macht es spannender."

19 – Der Nabel der Welt

Im Laufe der nächsten Tage nehme ich etliche Anläufe, um mit Tomme zu reden – und breche jeden einzelnen davon ab.

Ich rufe ihn an und lege auf.

Formuliere Nachrichten, die ich dann nicht abschicke.

Laufe zu seinem Haus und drehe wieder um.

Fahre nach Buchingen zu seinem Laden, nur um doch wieder eine Bluse in der Reinigung nebenan abzugeben.

Am Freitag ist meine komplette Garderobe sauber und gebügelt, aber gesprochen habe ich noch immer nicht mit ihm. Ich weiß einfach nicht, was ich sagen soll.

Ich habe solche Angst, dass das Gespräch, das wir dann führen, unser letztes sein könnte. Dass es ein Abschied wird.

Was, wenn wir zu dem Entschluss kommen, dass es vernünftiger wäre, einander aufzugeben?

Könnte ich das verkraften?

Und warum ist er seinerseits so ruhig?

Warum meldet er sich nicht?

War meine Liebeserklärung und die Flucht aus seiner Wohnung etwa der Tropfen, der das Fass zum Überlaufen gebracht hat?

Es fällt mir schwer, all die Fotos von glücklichen Paaren zu bearbeiten, während ich das Gefühl habe, dass mir dieser *eine* Mensch, mit dem ich mir vorstellen kann, ein ganzes Leben zu verbringen, irgendwie entgleitet.

Dass Adrian das erste Shooting für die *Style-Store*-Kampagne schon heute angesetzt hat, kommt mir bei meinen Versuchen, mich abzulenken, deshalb sehr entgegen.

Es ist noch nicht einmal richtig hell, als er mich vor Wiebkes Wohnung abholt. Um der Sommerhitze zuvorzukommen und das weiche Licht der aufgehenden Sonne nutzen zu können, müssen wir in aller Frühe im Rosengarten von Buchingen sein. Dort wird heute als Erstes die Festtagsgarderobe geshootet. Ich bin nervös und motiviert zugleich, als ich meine Kameratasche in Adrians Sportwagen wuchte.

„Hallo", begrüße ich ihn, als ich mich in den Beifahrersitz fallen lasse. „Danke fürs Abholen."

„Kein Ding." Adrian zuckt mit den Schultern, dann sieht er neugierig aus dem Fenster. „Ich war mir kurz nicht sicher, ob ich bei der richtigen Adresse bin."

„Doch ich, ähm ..." Ich überlege, wie ich ihm meine veränderte Wohnsituation erklären soll. „Ich besuche gerade eine Freundin."

„Alles gut in deiner WG?", erkundigt er sich, während er das Auto aus der Parklücke fährt.

„Wir ... ähm ... wir haben gerade eine kleine Ausnahmesituation." Die Worte klingen befremdlich, selbst für mich.

Adrian hebt eine Braue, hakt aber nicht weiter nach.

„Okay, also die vier Models und unser Make-up-Artist sind schon vor Ort", erläutert er stattdessen. „Bis wir im Rosengarten sind, wird das erste Paar bereit für Fotos sein. Eine Kollegin aus der Kreativabteilung unserer Agentur ist auch schon dort. Sie kümmert sich heute um die Kulisse und die Beleuchtung. Außerdem ist ein Praktikant dabei, der Aufnahmen mit dem iPhone für Social Media macht."

Er sieht kurz zu mir. „Er wird dir auch zur Hand gehen, falls du ihn brauchst."

„Wow." Mein Staunen ist leise, aber Adrian hört es.

„Anders als bei deinen Hochzeitsshootings, was?", fragt er grinsend.

„Ganz anders", gebe ich zu.

Bisher war ich bei Foto-Jobs immer ganz auf mich gestellt. Die Vorstellung, heute Teil eines Teams zu sein, fühlt sich irgendwie schön an und macht mich gleichzeitig nervös.

Ich schaue aus dem Fenster. Der Horizont nimmt ein blasses Violett an, während wir über die Landstraße fahren. Die Bäume und Wiesen werden mit jeder Minute in ein helleres, intensiveres Grün getaucht. Wenn ich genau hinsehe, kann ich hier und da die Tautropfen glitzern sehen. Der Drang, nach meiner Kamera zu greifen und schon während der Fahrt das Spektakel aus Licht und Farben festzuhalten, wird immer stärker.

Wir fahren nach Buchingen rein, nehmen eine mir bekannte Route in Richtung Stadtpark. Adrian findet einen Stellplatz nicht weit von meinem Co-Working-Space.

„Alright, da wären wir", sagt er gut gelaunt, als er den Motor abstellt.

Ich lächele ihn an.

„Ready?", fragt er mit einem Augenzwinkern.

Ich nicke und schnalle mich ab. Adrian greift sich ein großes Etui vom Rücksitz, das wahrscheinlich ein Tablet oder irgendwelche gedruckten Unterlagen enthält, während ich meine Sachen zusammenraffe und aussteige.

Kaum jemand ist um diese Zeit auf der Straße unterwegs und auch der Zugang zum Park liegt ganz still und verlassen da. Der Rosengarten ist ein Areal mitten im Stadtpark, also müssen wir noch ein Stück zu Fuß zurücklegen.

„Gib mir deine Tasche", fordert Adrian mich auf. „Ich trag sie."

„Die ist schwer", warne ich ihn und zögere, mein Gepäck auszuhändigen.

„Glaub ich dir." Er grinst. „Deswegen biete ich es ja an."

Ich lasse mich nicht zweimal bitten und übergebe das Ungetüm. Adrian greift nach dem Träger und reißt im nächsten Moment die Augen auf.

„Wow", keucht er. „Okay, das ist echt schwer. Was hast du da denn alles drin?"

„Nur meine Hoffnungen und Träume", sage ich in ironischem Tonfall.

Adrian lacht auf, doch ich kann nicht mit einstimmen. Ich habe dieses krasse Déjà-vu. Genau diese Unterhaltung habe ich mit Tomme geführt.

Wie lange ist das jetzt her? Zwei Wochen?

Vor zwei Wochen haben wir noch miteinander herumgealbert. Vor zwei Wochen hatten wir noch nicht ausgesprochen, dass wir mehr füreinander empfinden. Vor zwei Wochen hatten wir uns noch nicht geküsst und ich hatte ihm noch nicht aus heiterem Himmel meine Liebe gestanden.

„Unfassbar", murmele ich und trete gegen einen Kieselstein auf dem Weg.

„Hast du was gesagt?" Adrians Atem geht zunehmend schwerer, während er für mich den Packesel spielt. „Oh, da vorne sind sie schon!"

Ich schaue auf und sehe die zwei Pavillon-Zelte ein paar Meter vor uns. Wer sich darin aufhält, ist aufgrund der Planen nicht zu erkennen, aber die weißen Zelte leuchten förmlich in der noch dämmrigen Umgebung. Dahinter liegen im Halbdunkel rosenumrankte Bögen und mit dichten Büschen bepflanzte Beete.

Ich erkenne einzelne Blüten zwischen dem Grün. Gerade die hellen, pastellfarbenen Rosen strahlen förmlich durch den Blattschmuck.

Je näher wir kommen, desto deutlicher sind Stimmen zu hören. Wir umrunden die Zelte und entdecken die Crew.

Im linken Pavillon ist ein langer Tisch aufgebaut, auf dem mehrere Thermoskannen, Tassen und Gebäck stehen. Daneben hat der Make-up-Artist seine Station. Der ganz in schwarz gekleidete Herr schminkt gerade unter hellen Tageslichtlampen eines der Models. Im Zelt daneben ist eine Kleiderstange aufgebaut, hinter der sich allem Anschein nach die restlichen Models gerade umziehen.

„Guten Morgen", ruft Adrian in die Runde. „Na, alle fit?"

Gedämpfte Rufe und Gelächter folgen als Antwort.

Adrian stellt meine Kameratasche in der Nähe des Schminktischs ab und stellt mich dem Visagisten vor. „Lenny, das ist Fiona. Sie macht die Fotos."

„Hallo." Ich nicke. „Freut mich sehr."

Lenny lächelt und murmelt eine leise Begrüßung, bleibt aber konzentriert bei der Arbeit.

„Das ist Cosima." Adrian deutet auf die Frau, die gerade geschminkt wird. „Sie wirst du als Erstes vor der Linse haben. Sie präsentiert ein Abendkleid, ein Brautkleid und wir haben sie auch noch mal für die Casual Collection gebucht." Er öffnet sein Etui und holt – wie ich es erwartet hatte – ein Tablet hervor. „Du wirst sie also auch im Erdbeerfeld und auf der Blumenwiese ablichten. Bei den Bademoden ist sie allerdings nicht dabei."

„Okay." Ich lächele Cosima an. „Dann auf eine gute Zusammenarbeit."

Das Model sieht kurz zu mir, hält aber ansonsten still, damit Lenny weiter an ihrem Gesicht arbeiten kann.

Er trägt eine Lippenfarbe auf, die genauso rosig ist wie die Blüten hinter uns und Cosimas rotbraune Haare perfekt ergänzen. Sie ist so unwirklich hübsch, dass ich beinahe nicht wegsehen kann.

Aber Adrian bedeutet mir, ihm zu folgen.

Nacheinander stellt er mir alle am Set vor. Ich lerne die restlichen Models und eine junge Frauen kennen, die ihnen als Ankleiderin in die teuren Outfits hilft.

Zuletzt sprechen wir mit wir Adrians Kollegin Katja, die gerade dabei ist, einen Scheinwerfer auszurichten. Bei ihr steht auch der Praktikant Oscar, der sich schon mit dem neusten iPhone in Position bringt.

Ich nehme mir ein paar Minuten Zeit, um die Kulisse, die Katja arrangiert hat, zu inspizieren.

Cosima soll, erst allein, dann noch Arm in Arm mit einem der männlichen Models unter einem rosenumrankten Bogen posieren. Die pfirsichfarbenen, üppigen Blüten der Kletterrose werden das Brautkleid, in das sie gerade gesteckt wird, komplementieren.

Ich hole meine Kameratasche, packe einen meiner Fotoapparate aus und beginne mit ein paar Testaufnahmen. Schnell nehme ich auch die andere Kamera in meinem Arsenal zur Hand. Ich habe beide Geräte mit unterschiedlichen Festbrennweiten für Porträts ausgestattet und werde heute häufiger zwischen ihnen wechseln.

Ich werde ausnahmsweise mal nicht dem perfekten Moment hinterherhecheln, um diesen einen Kuss oder diesen einen Blick eines Brautpaars einzufangen. Ich werde heute mehr experimentieren, als ich es von Hochzeitsshootings gewöhnt bin, und mir einfach mal mehr Zeit für die Komposition des einzelnen Bilds nehmen.

Ich sehe schon vor mir, wie die Fotos aussehen könnten, bevor Cosima überhaupt ihre Position eingenommen hat. Als sie im Brautkleid vor mir steht, dirigiere ich sie so, dass das weiche Morgenlicht ihre Züge erhellt und den glänzenden Stoff des Kleids zum Leuchten bringt.

„Kannst du mal an dieser Rose neben deiner Schulter riechen?", frage ich sie. „Ja, genau so. Sehr schön, schließ die Augen dabei. Jetzt drehe deinen Oberkörper noch ein wenig zu mir. Okay ..." Ich schaue prüfend durch den Sucher. „Heb den Arm etwas an, sodass du nicht die Perlenreihe an der Taille verdeckst, aber so, dass es entspannt aussieht. Ja! Genau! Perfekt!"

Ich könnte jubeln. Es ist unglaublich, wie präzise ein Profi Anweisungen fürs Posing umsetzen kann.

Noch nie war es so einfach!

Jeder Schnappschuss fühlt sich wie ein Treffer an.

In kürzester Zeit habe ich Cosima aus allen Blickwinkeln fotografiert und jedes Detail ihres Outfits eingefangen. Sie posiert noch gemeinsam mit ihrem Fake-Bräutigam, dann zieht sie sich für ihren Kleiderwechsel zurück, während ich das nächste Model einweise. Auch sie und ihren Shooting-Partner lichte ich zwischen den Rosen ab.

„Wow", flüstere ich zu mir selbst, als ich auf dem Display meine bisherige Arbeit betrachte, während Katja und Oscar Scheinwerfer und Stative in einen anderen Winkel des Rosengartens umziehen.

„Zufrieden mit deiner Arbeit?" Cosima tritt neben mich. Sie trägt schon das bodenlange, violette Abendkleid, ihren nächsten Look.

„Ja." Ich lächele sie an. „Und mit deiner. Das war ... cool! Einfach cool!"

„Gleichfalls." Sie schielt neugierig zu der Kamera in meinen Händen. „Darf ich mal sehen?"

„Klar!" Ich halte ihr den Fotoapparat so hin, dass sie das Display sehen kann.

„Okay, auf die Gefahr hin, eitel zu klingen: Ich sehe richtig gut auf diesen Bildern aus!", freut sie sich.

Ich grinse. „Danke schön."

„Und die Blumen", staunt sie. „Ich meine, sie springen einem förmlich entgegen. Aber ohne das Kleid in den Schatten zu stellen." Sie sieht mich an. „Alle Achtung, du hast ein Auge dafür. Ist das deine Spezialität? Mode und Natur?"

Ich streiche mir verlegen eine Strähne hinters Ohr. „Eigentlich sind Hochzeiten meine Spezialität", gestehe ich. „Normalerweise fotografiere ich echte Brautpaare."

„Verstehe." Cosima grinst. „Du hast sonst Amateure vor der Kamera und jetzt willst du mal mit den großen Kids spielen."

„Ich ..." Ich hole tief Luft. „Eigentlich wollte ich nie in die Familienfotografie."

Keine Ahnung, warum ich ihr das so offenlege. Vielleicht ist es Cosimas sympathische Art oder einfach die Tatsache, dass wir beim Shooting so harmoniert haben.

„Ich wollte schon immer, schon seit Jahren, eher so etwas ..." Ich mache eine ausladende Handbewegung. „Solche Shootings hier ... Mode, Werbung ... So etwas wollte ich machen."

„Was hat dich so lange zögern lassen?" Ihre langen Wimpern blinzeln mich verständnislos an.

„Ich schätze ... der Standort?" Ich seufze. „Fichtingen und Buchingen sind nicht gerade der Nabel der Welt."

„Und?" Sie wirkt weiterhin verwirrt.

„Na ja, warum sollte jemand mich beauftragen, wenn es viel einfacher ist, einen Fotografen oder eine Fotografin aus der Großstadt zu nehmen?" Ich beiße mir auf die Lippe. „Dass Adrian auf mich gestoßen ist und die Agentur mich beauftragt hat, war ein Glücksfall. Solche Gigs kriegt man hier nicht so oft. Ich bin zu weit ab vom Schuss."

Cosima schnaubt. „Oder ..." Sie pausiert, als würde sie die nächsten Worte mit viel Bedacht wählen. „Vielleicht hast du dich auch einfach gut versteckt. Ich bin seit zehn Jahren in der Branche und ich wohne auch nicht um die Ecke von den Mode- und Versandhäusern, die mich buchen." Sie zuckt mit den Schultern. „Aber sie buchen mich trotzdem, weil ich Profi bin und sie das hier ..." Sie streicht ihre schmale Taille hinunter. „... auf ihren Plakaten und Websites haben wollen." Sie zwinkert. „Wenn du zeigst, was du drauf hast ..."

Ein Ruf unterbricht Cosima mitten im Satz. Katja und Adrian sind schon bereit an unserer nächsten Kulisse.

Ich will sofort zu ihnen gehen, doch Cosima hält mich noch kurz zurück. „Ich weiß nicht ganz genau, was du in deiner Karriere so vorhast, Fiona. Aber ich weiß: Wenn du deine Nische findest, wenn du es richtig anstellst, dann kann überall der Nabel der Welt sein."

20 – Wunderschön

Am Samstag bin ich noch ganz erschöpft vom Foto-Shooting am vorherigen Tag. Nach dem Rosengarten hat die Crew aufgrund der Hitze eine Mittagspause eingelegt und in der Abenddämmerung ging das Fotografieren dann auf dem Erdbeerfeld von Dirk Weber weiter. Bis die Sonne untergegangen war, habe ich durch den Sucher geschaut und geknipst, was das Zeug hielt.

Noch in der Nacht habe ich die Fotos gesichtet und war völlig überwältigt davon, wie schön die Bilder geworden waren. In meiner Begeisterung hatte ich sogar schon meine Favoriten an Adrian geschickt und der Mann (der, wie ich mittlerweile denke, nicht nur mit seinem Handy, sondern auch mit seiner Arbeit verschmolzen ist) hat mir morgens um fünf Uhr mit überschwänglichem Lob geantwortet.

Ich bin also zufrieden, aber gleichzeitig auch völlig k. o., als ich mich für die Hochzeit von Franziska und Rafael fertig mache. Ehrlicherweise ist es jedoch nicht nur Müdigkeit, die meine Motivation langsam gegen null gehen lässt.

Die Chance, bei der Hochzeit der beiden Anwälte auf meine Eltern zu treffen, macht mich schon einmal nicht gerade euphorisch. Und nachdem von Tomme noch immer keine Nachricht kam, habe ich entsprechend wenig Lust darauf, live dabei zu sein, wenn sich andere Menschen die ewige Liebe schwören.

„Nur noch Beerdigungen", murmele ich, während ich die letzten Knöpfe meiner Bluse schließe. Ich schultere meine Kameratasche und verlasse Wiebkes Wohnung.

Weil ich natürlich nicht Tomme oder Adrian bitten kann, mich zur Hochzeitslocation zu fahren, habe ich mir für den Tag ein Auto gemietet. Keine Kosten, die ich normalerweise auf mich nehmen würde, aber angesichts des Honorars, dass ich für die *Style-Store*-Kampagne bekommen werde, und der Tatsache, dass die Feier auf einem abgelegenen Weingut stattfindet, habe ich nicht einmal darüber nachgedacht, mit öffentlichen Verkehrsmitteln hinzufahren.

Mein Mietwagen ist ein Fiat. Ähnlich klein wie Tommes alte Klapperkiste, aber in einem glänzenden Schwarz, womit das Auto zwischen den dunkel lackierten Edelkarossen von Fichtingens juristischen Elite gut getarnt ist.

Ich freue mich so gar nicht auf die steifen Gäste, die ich heute zweifelsohne vor der Linse haben werde. Mein einziger Lichtblick ist mein Kumpel Julio, der mir den Gig vermittelt hat und heute als Trauzeuge fungiert.

Nachträglich bin ich auch ganz froh darüber, dass Franziska keinen Floristen mehr für ihre Party benötigt hat. Am Ende dieser nervenaufreibenden Woche auch noch Tomme beim Auf- oder Abbau in der Location zu begegnen, wäre wirklich zu viel des Guten.

Ich betrete das steinerne Haus, das die Weinberge überblickt. Drinnen im gewölbten Festsaal ist alles üppig geschmückt. Dutzende Lichterketten winden sich wie Weinranken entlang der Säulen. In jeden Winkel des Raumes wurden Blumen gesteckt.

Ein Meer aus weißen, roséfarbenen und bordeauxroten Blüten ergießt sich über den nackten Stein. Der Blumenschmuck ist so atemberaubend, dass ich direkt die Kamera zücke, um ihn so, wie er jetzt ist, festzuhalten.

„Fiona, hier drüben!", ruft mir jemand zu. Es ist Julio, der in einem weinroten Anzug zwischen den edel eingedeckten Tischen steht und mich zu sich winkt.

„Hi!", begrüße ich ihn.

„Hallo!" Er schließt mich in die Arme. „Na, ich habe gehört, du arbeitest jetzt mit meinesgleichen? Hattest gestern ein großes Mode-Shooting?"

Ich blinzele. „Nachrichten verbreiten sich schnell in der Model-Welt, was?"

Er zwinkert. „Nur wenn man die richtigen Leute kennt. Cosima ist eine alte Freundin."

Ich grinse. „Verstehe." Irgendwie wundert es mich gar nicht, dass Julio und Cosima sich mögen.

„Aber genug gequasselt!" Julio ist als Trauzeuge in seinem Element. „Weißt du schon, wo du hinmusst?"

„Wo ich hinmuss?" Verwirrt schaue ich mich um. „Bin ich nicht dort, wo ich sein sollte?"

„Doch schon." Julio lacht und fährt sich durch das tiefschwarz gefärbte Haar. „So halb zumindest."

„Okay ..." Ich schaue ihn fragend an.

„Das Brautfahrzeug wird gerade noch gepimpt", weiht er mich in verschwörerischem Ton ein. „Du weißt schon, Franzis Rollstuhl!"

„Ah, klar!" Ich nicke eifrig.

„Ich weiß, sie hat kein Getting-Ready-Shooting mit dir gebucht, aber würdest du trotzdem drüben in der Garderobe ein paar Fotos von ihr machen?" Er faltet die Hände zu einer bittenden Geste.

„Ich habe einfach die Befürchtung, dass nach den Gratulationen keine einzige Blume mehr am Rollstuhl hängt und der Florist gibt sich solche Mühe!"

Ich zucke mit den Schultern. „Klar, ich schaue kurz rüber und mache ein paar Fotos vorweg. Wohin muss ich denn?"

„Da hinten die Rampe zu den Toiletten runter", beschreibt mir Julio den Weg. „Gegenüber von der Damentoilette ist so ein Raum zum Nasepudern."

„Alles klar!" Ich setze mich in Bewegung und klopfe wenig später an die Tür der Braut.

„Herein!", ruft sie von drinnen.

„Hallo Franziska! Ich bin's, Fi-woah!" Mir bleibt der Mund offen stehen.

Franziska sitzt in der Mitte des Raumes in ihrem Rollstuhl – nur dass es kein gewöhnlicher Rollstuhl mehr ist! Wie ein Thron, den man komplett aus Blüten gefertigt hat, sieht das, worauf sie sitzt, nun aus.

„Cool, oder?" Sie strahlt mich an.

„Franziska, es ist wunderschön." Ich gehe auf sie zu und reiche ihr die Hand. „Du bist wunderschön! Wow!"

Ich betrachte ihre wilden, roten Locken, in die bunte Bänder geflochten und Blüten gesteckt sind. Ihr Kleid hat einen zarten Apricot-Ton, der perfekt mit ihrem Teint harmoniert und alles geht beinahe übergangslos in den Blumenschmuck über, der ihren Rollstuhl ziert.

Das ganze Ensemble aus Frisur, Outfit und Floristik ist ein Gesamtkunstwerk. Vor lauter Staunen vergesse ich beinahe, weshalb ich hier bin.

„Ich sollte mal ein paar Fotos machen", erinnere ich mich schließlich doch und Franziska kichert.

Ich laufe um sie herum, fotografiere die strahlende Braut und ihr elegantes Gefährt von allen Seiten.

Plötzlich rumpelt es hinter mir und jemand stolpert zur Tür herein.

„Sorry, ich musste etwas länger suchen, aber ich hatte doch noch ein paar Bänder im Lieferwagen!", keucht Tomme.

Ich wirbele herum. Was tut er hier? Und warum ist er so außer Atem, als wäre er den ganzen Weg von Fichtingen hierher gerannt?

„Du ... Was?", stammele ich.

Er lächelt. „Hi, Fiona."

„Ihr kennt euch?", fragt Franziska.

„Ja, äh." Ich räuspere mich. „Tomme ist doch der Florist, den ich dir vor ein paar Wochen vorgeschlagen hatte. Weißt du noch?"

Franzi nickt.

„Aber du hast damals gesagt, du hättest schon eine Floristin?" Ich erinnere mich noch sehr gut an das Gespräch und daran, dass ich ein wenig enttäuscht war, weil ich Tomme so gern den Job vermittelt hätte.

„Hatte ich auch", bestätigt die Braut. „Oder: habe ich immer noch!" Wieder muss sie ein wenig kichern. „Aber als sie erfahren hat, was ich mir vorstelle, hat sie ihren Sohn zur Unterstützung hinzugezogen."

Ihren Sohn?

Sylvia ist Franziskas Floristin?

Ich blinzele. Wie konnte mir denn das entgehen?

„Du hilfst hier deiner Ma?", frage ich Tomme.

„Ja!", antwortet Franziska an seiner Stelle. „Die beiden sind schon seit zwei Tagen hier und bauen alles auf."

„Was? So lange?" Ich bin völlig verdutzt.

Tomme nickt.

Deswegen hatte ich nichts von ihm gehört! Er war hier, mitten im Nirgendwo, mit seiner Arbeit eingespannt.

Nun komme ich mir ein bisschen doof vor ... Vor allem angesichts der Trips, die ich in der letzten Woche zu seinem Laden in Buchingen unternommen habe, nur um dann nicht reinzugehen.

Er wäre nicht einmal dort gewesen, wenn ich mich überwunden hätte und hineingegangen wäre!

Wie peinlich!

„Also ..." Tomme schiebt mich sachte beiseite und geht neben Franziska in die Knie. „Dann befestige ich jetzt die letzten Schleifen, ja?"

Die Braut gibt ihm das Go und ich beobachte fasziniert, wie Tomme dem Rollstuhl in Handarbeit den letzten Schliff gibt. Solange bis Julio an die Türe klopft und uns alle auf unsere Posten für die Zeremonie schickt.

21 – Liebe meines Lebens

„Okay, das war offiziell die schönste Hochzeit, auf der ich jemals war." Ich stoße nach getaner Arbeit mit Julio an. „Location, Brautstyling, Blumenschmuck ... Ich würde allem zehn von zehn Punkten geben."

„Hey, Moment mal!", beschwert sich Julio. „Was ist mit dem Trauzeugen?"

„Neun Komma fünf", necke ich ihn und muss dafür in Kauf nehmen, dass er mir die Zunge herausstreckt.

„Ich weiß jetzt schon, dass die Fotos der Hammer sein werden", urteile ich zufrieden.

Julio schießt zurück. „Wenn nicht, kannst du nichts und niemand anderem die Schuld geben außer dir selbst. Alles war perfekt."

„Stimmt!" Ich stimme in sein Lachen mit ein.

Dann sehe ich mich um.

Die meisten Gäste sind schon gegangen. Auch meine Eltern waren darunter, aber sie haben mich den Abend über kaum behelligt. Nur ein paarmal habe ich bemerkt, dass mein Vater zu mir herübergesehen und neugierig mein Equipment beäugt hat. Für seine Verhältnisse kommt dieses stille Interesse schon beinahe einem Lob gleich. Mittlerweile sind er und meine Mutter aber auch gegangen.

Nur der harte Kern der Festgesellschaft ist noch da, um mit dem Brautpaar zu feiern. Die Band spielt noch Lovesongs, die Lichterketten funkeln um die Wette und der Blumenschmuck gibt uns allen das Gefühl, mitten in einem Märchenwald zu sein. Es ist ein perfekter Moment.

Ich zücke ein letztes Mal die Kamera und prompt läuft mir Tomme vor den Sucher. Er hat sein Arbeitsoutfit von vorhin gegen eine schlichte, schwarze Kombination getauscht und kommt direkt auf mich zu.

„Würdest du kurz ihre Kamera beschützen?", fragt er an Julio gewandt.

„Ich bewache sie mit meinem Leben!", verspricht ihm der Trauzeuge und salutiert.

„Sehr gut. Die ist nämlich ungefähr so viel wert wie ein Kleinwagen." Julio erschrickt und Tomme lacht. „Komm kurz mit, Fio." Er hält mir die Hand hin und obwohl mir tausend Gründe einfallen zu zögern, ergreife ich sie.

Auch Tomme zögert nicht.

Ohne Umschweife führt er mich zur Tanzfläche.

„Du willst mit mir tanzen?", frage ich ihn einigermaßen überrascht.

Er zuckt mit den Schultern. „Wenn der richtige Song kommt."

Er schlingt die Arme um meine Taille und als wäre das das Signal gewesen, höre ich kurz darauf einen Akkord, der mir bekannt vorkommt.

„Ich habe ihn extra gebeten, nicht zu nuscheln", flüstert Tomme in mein Ohr, als der Sänger der Hochzeitsband *Liebe meines Lebens* von Philipp Poisel anstimmt.

Ich kenne die Lyrics in- und auswendig und habe trotzdem Tränen in den Augen, als Tomme leise und schief, so dass nur ich es hören kann, mitsingt.

„Aber eigentlich will ich mit dir reden", unterbricht er sich selbst. „Über eine ganze Reihe von Dingen."

„Eine ganze Reihe?", staune ich.

Tomme nickt. „Ja. Erstens: Ich weiß, worüber du dir Gedanken machst."

„Ach, wirklich?" Ich hebe kokett eine Braue.

„Ja, wirklich", meint er ernst und zieht mich noch ein bisschen näher an sich heran.

Mein Puls beschleunigt sich.

„Wiebke hat mir erzählt, dass du dir den Kopf zerbrichst wegen deiner neuen Wohnung", eröffnet er mir leise. „Beziehungsweise, dass du nicht weißt, wohin es dich zieht."

Ich schlucke. „Das hat sie dir erzählt?"

„Na ja." Er verdreht die Augen. „Erst einmal hat sie sich eine geschlagene halbe Stunde darüber beschwert, dass du ihr Sofa vereinnahmt hast und dass du ihr zu unordentlich bist." Er lacht. „Dein Wohnungsdilemma wurde dann irgendwie zufällig auch ein Thema."

„Oh." Schamesröte bringt meine Wangen und meine Ohren zum Kribbeln.

„Und ..." Ich befeuchte meine Lippen. „Was ist deine Meinung dazu?"

„Meine Meinung ist ..." Tomme sieht mich lange an. „Dass mir nie ein Weg zu weit sein wird, um dort zu sein, wo du bist."

Ich traue meinen Ohren kaum.

Was sagt er da gerade?

„Ich habe den Laden hier in Fichtingen und der wird hier auch erst einmal bleiben", fährt er fort. „Aber wenn ich montags einen Ruhetag einlegen muss, um Zeit mit dir zu verbringen, dann mache ich das. Du kannst von mir aus nach Berlin oder Hamburg ziehen, ich komme hin."

Die Hitze unter meiner Haut wird noch größer. Ich weiß nicht, was ich erwidern soll, aber glücklicherweise muss ich es nicht, weil Tomme weiterspricht.

„Zweitens ... Und das habe ich schon einmal gesagt ...“ Er holt tief Luft. „Es tut mir leid. Meine Eifersucht und dass ich meine Gefühle für dich geleugnet habe. Ich ...“ Großes Bedauern liegt in seinem Blick. „Ich habe nicht verstanden, wie sehr ich dich und uns beide damit verletze.“

Ich blinzele. Ich möchte jetzt nicht weinen, aber seine ehrlichen Worte lassen meine Willenskraft taumeln.

„Und drittens:“ Er löst eine Hand von meiner Taille, um mein Kinn anzuheben. „Und ich möchte, dass du mir jetzt ganz genau zuhörst und dass du bitte auf gar keinen Fall davonläufst, ja?“

Ich nicke.

Tomme zieht von irgendwo eine Rose hervor und streift mit ihrer Blüte meine Wange. „Ich möchte nicht mehr, dass du auf meinem oder auf sonst jemandes Sofa schläfst.“

Ich stutze. Irgendwie hatte ich mit einer ganz anderen Ansage gerechnet und für einen kurzen Moment ziehe ich doch in Erwägung, vor ihm Reißaus zu nehmen.

„Ich möchte, dass du bei mir liegst“, fügt er hinzu. „Dass wir nebeneinander einschlafen, träumen und aufwachen.“

Ich lächele.

„Ich möchte mit dir morgens Kaffee trinken und abends eine Folge *Bones* schauen und deine Haare halten, wenn dir schlecht wird, und so viele Frühlingsrollen essen, dass Hungs Mutter nur für uns ihren Tiefkühler aufstocken muss.“

Jetzt muss ich laut auflachen.

„Ich will einfach mit dir zusammen sein.“ Er sieht mich an und zum ersten Mal seit Langem ist es hinter seinen braunen Augen ganz und gar windstill.

„Ich will das, weil ich dich auch liebe, Fiona." Er hebt die Hand und fährt mit dem Daumen über meine Unterlippe. „Bitte küss mich so wie neulich und sag mir, dass du noch genauso fühlst."

Ich streiche über seine Wange, umfasse sein Kinn und strecke mich, um seine Lippen mit meinen zu berühren.

„Ich fühle noch genauso", wispere ich. „Genauso wie schon immer. Ich l..."

Doch dieses Mal lässt Tomme die Worte nicht von meinen Lippen fallen. Er fängt sie auf und der Rest meiner Antwort geht in unserem Kuss unter.

Epilog – Apfelblüten

Im nächsten Frühling.

„Ich glaube, du hast jetzt alle Apfelblüten erwischt." Tomme lacht, während ich zum vermutlich hundertsten Mal den Auslöser drücke.

„Hmm …" Ich sehe mich auf der Obstwiese um. „Ich bin mir nicht sicher … Hatte ich die da drüben schon?"

Ich deute an, zur nächstgelegenen Reihe Apfelbäume zu gehen. Sattgrünes Gras streift meine nackten Knöchel und kitzelt mich in den Kniekehlen.

„Oh, nein, nein, nein." Tomme hastet mir hinterher und schließt mich in eine feste Umarmung. „Kommt gar nicht infrage, Knipserin. Du hast für heute genug fotografiert!"

„Aber die Blüten!", protestiere ich mit gespielter Empörung und versuche vergeblich, mich aus seinen starken Armen zu befreien. „Sie sind so inspirierend! Du kannst doch nicht zwischen mich und die Magie der Natur kommen!"

„Wir haben zu Hause einen ganzen Laden mit *Magie der Natur*", ermahnt er mich. „Und deine Inspiration steht zwischen mir und dem nächsten Stück Apfelkuchen und …" Er senkt die Stimme. „Zwischen uns und dem Bett."

„Na gut", lenke ich ein. „Wenn das so ist."

Ich schmiege mich an ihn und eine sanfte Brise weht über uns hinweg.

Der Wind zupft weiße Blütenblätter von den Ästen und lässt sie auf uns herabregnen. Sie verfangen sich in meinen Haaren und im zarten Stoff meines Kleides, bleiben liegen als kleiner Gruß der Landschaft um uns herum.

Es hat länger gedauert als geplant, endlich diesen gemeinsamen Urlaub zu machen. Im letzten Herbst ist Tomme allein ins Alte Land gefahren und hat seinem Vater und den Großeltern bei der Apfelernte geholfen. Ich habe währenddessen mein zweites (oder drittes) Mode-Shooting gemacht.

Nach dem Projekt für den *Style Store* kamen nämlich recht schnell neue Anfragen herein. Hauptsächlich von Labels, die auf nachhaltige Mode spezialisiert sind und diese in natürlicher oder zumindest ländlicher Umgebung in Szene setzen wollen. Die Fotos, die ich im letzten Sommer im Rosengarten und rund um den Hof von Dirk Weber gemacht habe, sind richtig eingeschlagen. Und auch wenn wir jetzt gerade zur Entspannung auf dem Hof der Jansens sind, sehe ich in den weitläufigen Obstwiesen um uns herum schon die nächste Kulisse für die nächste Modestrecke.

Das Gute an meinem neuen Schwerpunkt: Ich musste mich bei der Wohnungssuche nicht an der nächstgelegenen Metropole orientieren.

Tatsächlich hat sich mein Wunsch, Großstadtluft zu schnuppern, schon nach ein paar Immobilienbesichtigungen verflüchtigt. Letztendlich bin ich überhaupt nicht umgezogen. Ich wohne wieder bei Tomme, allerdings in seinem Schlafzimmer und nicht in seiner Wohnküche.

Statt eines eigenen Apartments habe ich mir ein Studio in einem restaurierten Bauernhaus angemietet, wo ich Fotos ausstelle und auch Tomme gelegentlich seine Floristik-Kunstwerke darbietet. Unsere letzte kleine Vernissage haben sogar, man höre und staune, meine Eltern besucht.

Hochzeiten sind für Tomme noch immer wichtige Projekte. Für mich sind sie kein großer Teil meines Lebens mehr – mit einer Ausnahme.

Im Sommer werden wir Wiebkes ständiger Quengelei nachgeben und ihr endlich die Schwägerin geben, die sie sich so sehr wünscht. Mit unserem kleinen, schwarzen Wirbelwind Nero Junior, bringen wir sogar ein erstes Hundebaby mit in die Ehe. Gerade hält unser Welpe ein wohlverdientes Schläfchen in der Stube von Oma Jansen, die am Ende der Apfelbaumallee langsam in Sicht kommt.

Mir ist, als könnte ich den Kuchen und den frisch gebrühten Tee schon von hier erschnuppern. Bevor ich jedoch meiner Nase folgen kann, zieht mich Tomme hinter einen besonders alten Apfelbaum.

„Hey.“ Ich kichere, als er mich gegen die Rinde drückt. „Ich dachte, ich soll mich den Rest des Tages von Apfelbäumen fernhalten?“

Tomme grinst und fährt mit den Fingerspitzen meinen Hals entlang. „Nicht von diesem speziellen hier.“

Er beugt sich zu mir hinunter und küsst mich. Erst zaghaft, als würde er eine Blüte berühren. Dann erobert er meinen Mund und raubt mir den Atem.

Momente wie dieser, in denen wir nur Seufzen und Herzschlag sind, kommen mir noch immer wie ein Traum vor. Es sind Momente, die nur uns ganz allein gehören.

Es sind Momente, in denen wir die Nähe genießen, die wir viel zu lange in anderen gesucht haben.

Ende.

Danksagung

Friends-to-Lovers-Romanzen wie die von Fiona und Tomme waren schon immer meine liebsten Liebesgeschichten. Vielleicht, weil ich in meinem Mann Markus beides gefunden habe: meine große Liebe und meinen besten Freund. Er ist derjenige, mit dem ich immer meine Frühlingsrollen teile und mit dem ich – auch zum hundertsten Mal – eine Folge *Bones* schaue, weil das einfach unsere Serie ist. Er ist der mit dem grünen Daumen in unserem Haushalt und hat auch sonst ein paar kleine Gemeinsamkeiten mit Tomme.

Auf die eine oder andere Art steht mein ganz persönlicher Love Interest immer Modell für die Männer, in die sich meine Protagonistinnen verlieben. Aber vor allem steht er immer hinter mir. Ohne meinen *Mr Penn* würde es dieses Buch nicht geben – und auch nicht die fünf davor. Bücher schreibt man zwar allein, aber sie stehen und fallen auch ganz maßgeblich mit der Unterstützung anderer.

In früheren Zeiten war es üblich, dass man als Künstlerin einen Mäzen oder eine Mäzenin hatte. Eine Person, die einen fördert und es einem ermöglicht, kreativ zu arbeiten. Die Zeiten haben sich sehr geändert, aber das Konzept hat überlebt. Ich bin dankbar, eine ganze Gruppe von Mäzen*innen zu haben: meine Mitglieder bei Steady.

Über die Plattform unterstützen mich verschiedenste Menschen mit kleineren oder größeren monatlichen Spenden. Namentlich genannt seien an dieser Stelle: Jana, Michaela, Verena, Nadine, Alexandra, Catherine, Guido, Maria, Fritz, Waltraud und Ludwig. Ich bin so dankbar für euren Support!

Ihr ermöglicht mir nicht nur, meiner Tätigkeit am Schreibtisch nachzugehen, sondern auch diese Arbeit so fortzuführen, dass aus ein paar Worten in einem Schreibprogramm ein richtiges Buch werden kann.

Meine Geschichten wären nicht, was sie sind, wenn nicht Marcel im Lektorat seine Expertise einbringen würde. Er steckt so viel Sorgfalt in das Überarbeiten meiner Texte, dass inhaltliche und stilistische Fehler kaum eine Chance haben. Er bringt einen frischen und professionellen Blick auf die Geschichte mit und wird auch diese Zeilen des Danks als Erster lesen: Lieber Marcel, ich bin so froh, dass du nach all den anderen Figuren und Projekten nun auch Fiona und Tomme begleitet hast. Danke, dass du dir meine Ideen aus der Nähe anschaust und das Beste aus ihnen herausholst!

Ein weiterer langjähriger Partner in Crime ist Torsten, der seit meinem Debüt meine Bücher einkleidet. Beim Cover für *Die Nähe, die wir suchen* hat er mir mit dem Aufstöbern meiner Wunsch-Illustration eine ganz besondere Freude gemacht und mit der Farbauswahl wie immer den Nagel auf den Kopf getroffen. Danke für die tolle Zusammenarbeit, lieber Torsten! Was wäre mein Kunstwerk, wenn es nicht in *dein* Kunstwerk verpackt wäre? Und was wäre eine Veröffentlichung ohne den lustigen Austausch von Entwürfen mit dir?

Einen regen Austausch, für den ich sehr dankbar bin, habe ich auch mit meinen Kolleginnen. Cosima, das Model aus Kapitel 19, könnte eigentlich auch Melissa Ratsch heißen, denn sie hat maßgeblich zur Entwicklung dieser Szene beigetragen. Über die Dynamiken in Romanzen, in denen aus Freunden Liebende werden, habe ich außerdem ausgiebig mit Daria Nina sowie Yvonne und Nadine Merschmann geplaudert.

Wenige können sich so auf meine Begeisterung fürs Schreiben und Lesen einlassen wie meine Freundinnen. Ich danke Rechelle, die schon oft finale Korrekturleserin für meine Bücher war und immer genau weiß, wovon ich rede, wenn ich irgendwelche Tropes und Trends in den Raum werfe. Ich danke Ann-Sophie, die felsenfest glaubt, dass ich Love Interests nicht nur schreiben, sondern auch zum Leben erwecken kann. Ich danke Verena, die so gern Sätze mit „Meine Freundin, die Autorin ..." beginnt und mich damit ganz stolz und verlegen macht. Ich danke Nana, die mit mir die wildesten Bücher co-liest und endlos viele Reels und Briefe austauscht. Ich danke Maxi und Steffi und meinen anderen Freundinnen und Freunden, die sich für mein Schreiben interessieren.

Ich danke meiner Familie; allen Verwandten, die meine Bücher kaufen, lesen und sich ins Regal stellen. Eure Anerkennung bedeutet mir sehr viel.

Ich danke allen, die mir durch das Lesen und Schreiben begegnet sind – ganz besonders DIR!

Wenn du dieses Buch in den Händen hältst, bist du Teil eines Traums, der mich schon fast so lange begleitet wie Fiona und Tomme befreundet sind. Geschichten waren meine erste Liebe und wenn du diese Geschichte geliebt hast, dann teile sie gern mit anderen. Rezensiere dieses Buch, verschenke dieses Buch, sprich über dieses Buch!

Ich bin dir schon jetzt unendlich dankbar!

Lesetipp

Sie will sich beweisen.
Er will lieber alle hinters Licht führen.

„Working Girl" trifft auf „Rich Boy"
in der frechen Romanze
mit Kneipenflair und Kartentricks.

Der Blick, den wir riskieren
von Phillippa Penn

Überall, wo es Bücher und E-Books-gibt!
ISBN: 9783756812240

Lesetipp

Eine Rezeptionistin, die nichts lieber täte,
als Geschichten zu erzählen.
Ein Roadie, der ein Rockstar sein könnte.

Eine Lovestory für alle, die ihr Licht
zu oft unter den Scheffel stellen.

Das Licht, in dem wir glänzen
von Phillippa Penn

Überall, wo es Bücher und E-Books-gibt!
ISBN: 9783756811410

PHILLIPPA
PENN

www.phillippapenn.de
instagram.com/phillippapenn